AF194533

O Nadelbaum

O Nadelbaum

© 2025 Brigitta Rudolf
Verlag:
BoD · Books on Demand GmbH,
Überseering 33, 22297 Hamburg,
bod@bod.de
Druck:
Libri Plureos GmbH,
Friedensallee 273, 22763 Hamburg
ISBN: 978-3-7543-4748-5

MIX
Papier aus verantwortungsvollen Quellen
Paper from responsible sources
FSC® C105338

Inhaltsverzeichnis

O Nadelbaum...

„Der neueste Trend zum Weihnachtsfest geht jetzt dahin, dass man den Tannenbaum schon zum ersten Advent aufstellt. Dann hat man wenigstens was davon, außerdem kann man ihn sogar als Adventskalender nutzen. Was hältst Du davon?", fragte Juli ihren Mann.

Der schüttelte nur den Kopf: „Vier Wochen und länger um eine geschmückte Tanne, die uns im Wohnzimmer nur im Wege steht, herumlaufen müssen? Ich weiß nicht, so recht...", antwortete Gunnar unschlüssig.

Aber er kannte seine Eheliebste. Wenn sie sich etwas in ihr hübsches Köpfchen gesetzt hatte, dann fand sie in der Regel auch Mittel und Wege es durchzusetzen. So hatte sie in den fünf Jahren ihrer Ehe zu jeder Saison neuen Weihnachtsschmuck gekauft, je nachdem welche Farbe in dem Jahr gerade angesagt war. Im Keller standen schon etliche Kartons mit klassischen goldenen, silberfarbenen und knallbunten Kugeln, Strohsternen, Engeln und Schleifen in diversen Farben. Im Jahr zuvor hatte er im letzten Moment gerade noch verhindern können, dass sie auch noch diese kitschigen amerikanischen Accessoires für den Weihnachtsbaum kaufte. Die grellbunten Anhänger in Form von Obst oder Gemüse, Autos und alten Telefonen fand er einfach scheußlich. Ebenso wenig gefielen ihm die hässlichen Tiere, die zu allem Überfluss auch noch rote Zipfelmützen mit weißem Fellrand trugen Die Vorstellung einen so verunstalteten Weihnachtsbaum anschauen zu müssen konnte er nicht ertragen. Schmollend hatte Juli sich überreden lassen davon Abstand zu nehmen. Sie wollte unbedingt „trendy" sein, so wie ihre, in seinen Augen etwas überspannte, beste Freundin Sophia. Er seufzte. Aber wenn es sie glücklich machte, sich schon Ende November eine Tanne ins Haus zu holen, dann wollte er ihr den Spaß daran nicht verderben. Damit konnte Gunnar leben.

„Gibt es denn jetzt schon Weihnachtsbäume zu kaufen?" erkundigte er sich, als seine Frau Mitte November auf das Thema zurück kam.

„Im Baumarkt habe ich welche gesehen",

gab sie zurück.

Damit war die Sache entschieden, dass wusste er genau.

„Also gut, dann fahren wir am Wochenende hin und holen uns einen Baum. Ist Dir das recht?", schlug er vor.

Damit gab Juli sich zufrieden. Eifrig überlegte sie, ob es sinnvoll wäre, den Baum gleich zu schmücken oder ob er bis kurz vor dem Fest zunächst nur als Adventskalender genutzt werden sollte. Da seine Frau immer Wünsche hatte, war es für Gunnar nicht schwierig vierundzwanzig kleine Päckchen für sie zu packen, damit sie jeden Tag eine Überraschung vom Baum pflücken konnte. Er hatte in ihrer Lieblingsparfümerie mehrere Parfüm- und Cremeproben bekommen und einen kleinen Schlüsselanhänger mit Schutzengelmotiv gekauft. Den hatten sie beide beim letzten gemeinsamen Stadtbummel in Schaufenster gesehen, und Juli war davon ganz entzückt gewesen. Die restlichen Tage würde sie einige weihnachtliche Süßigkeiten in ihren Päckchen finden. Damit konnte man sie immer beglücken. In den letzten Jahren hatten sie im Flur eine Leine gespannt, an die jeder von ihnen für den Anderen vierundzwanzig Päckchen gehängt hatte. In diesem Jahr sollten diese Gaben an den Weihnachtsbaum gehängt werden.

„Heiligabend fällt in diesem Jahr auf einen Montag. Ich würde vorschlagen, dass wir den Baum dann am vierten Advent dekorieren", meinte Juli.

Auch damit war Gunnar einverstanden. Also wurde der aus dem Baumarkt geholte Baum gleich ins Haus geholt und dort aufgestellt.

„Sieht prima aus", fand Juli zufrieden. „Ich hole gleich meine Päckchen für Dich. Hast Du auch schon einige fertig?"

„Ich habe noch nicht alle zusammen, aber ich werde in den nächsten Tagen die restlichen Päckchen noch dran hängen", versprach Gunnar.

„In Ordnung, aber ich habe schon alles vorbereitet!" verkündete Juli stolz.

Wenig später hingen ihre Päckchen am Baum. Alle mit blauen Schleifen, so wie jedes Jahr, Gunnar war zu diesem Zweck die Farbe Rot zugeteilt worden. Er hatte erst die Hälfte verpackt, aber als alle Geschenke am Baum hingen, sah es wirklich gut aus, das musste Gunnar zugeben. Und Juli war zufrieden, das war das Wichtigste. Am nächsten Tag kaufte er noch einige Süßigkeiten, um auch für sie jeden Tag eine Kleinigkeit zu haben. So vergingen die Tage bis kurz vor dem zweiten Advent. Der Baum war inzwischen natürlich nicht mehr ganz so frisch und durch die Wärme im Haus, hatte er auch begonnen ein paar Nadeln abzuwerfen. Eines Abends betrachtete Juli ihn skeptisch und meinte: „Jetzt, wo nur noch so wenige Päckchen dran hängen, sieht der Baum etwas kahl aus, finde ich. Wir sollten einige Kugeln dazu hängen und vielleicht auch schon Kerzen aufstecken. Was meinst Du?"

„Wenn Du willst, können wir das gern tun", gab Gunnar ihr recht.

Also wurden die goldenen Kugeln und einige Strohsterne aus dem Keller nach oben geholt und der Tannenbaum damit aufgeputzt. Am Ende dieser Aktion hatte er wiederum etliche Nadeln verloren.

„Vielleicht sollten wir mit dem restlichen

Baumschmuck und den Kerzen doch lieber noch warten", fand Juli.

Gunnar widersprach nicht, er fürchtete ohnehin, dass sie noch einmal einen neuen Baum kaufen mussten, aber diese Einsicht behielt er wohlweislich für sich. Dann rief einige Tage später Juli´s Freundin Sophia an und teilte ihnen mit, dass sie sich einen Hund angeschafft hatte. Ein weiblicher Mischlingswelpe war es, in den sie sich „auf den ersten Blick total verliebt" hatte, wie sie es ausdrückte.

„Leah heißt die Kleine und sie ist total verspielt", schwärmte sie am Telefon. „Natürlich macht Leah noch Dummheiten, aber sie ist schon stubenrein. Die Züchterin wollte ursprünglich, dass ich sie nach den Feiertagen abholen sollte, aber ich wollte sie unbedingt so schnell wie möglich bei mir haben. Ich würde sie Euch sehr gern vorstellen. Dürfen wir bald mal bei Euch vorbeikommen?"

„Klar, wie wäre es, wenn Du gleich morgen Nachmittag mit ihr herkommst? Unser Weihnachtsbaum steht schon. Wir machen es uns richtig gemütlich", freute sich Juli.

Pünktlich am nächsten Tag klingelte es, und als Juli die Tür öffnete, schoss ein kleines Wollknäuel an ihr vorbei, nahm sofort Kurs auf die offene Wohnzimmertür und sprang gleich voll Begeisterung direkt in den geschmückten Tannenbaum. Der schwankte bedenklich, blieb aber stehen. Natürlich verlor er dabei wiederum etliche Nadeln.

„Oh sorry, ich habe nur schnell nach meinem Smartphone gegriffen. Ich habe eine SMS bekommen, dabei ist mir wohl die Leine aus der Hand gerutscht", entschuldigte Sophia sich verlegen. „Leah", rief sie entsetzt, als sie sah, dass ihr kleiner Hund erneut Anstalten machte, in den Baum zu springen. Sophia stürzte sofort hin, um Leah zu bändigen. Sie versuchte sie an die Leine zu nehmen, aber der kleine Hund entwischte ihr erneut und sprang noch einmal in den Tannenbaum, der sich nun doch zur Seite neigte und mitsamt dem Ständer umfiel und Leah unter sich begrub.

„Mein armes Schätzchen", kreischte Sophia hektisch.

„Ich würde vorschlagen, Du und Juli, Ihr macht jetzt mit Deinem Schätzchen einen langen Spaziergang, dabei könnt Ihr Euch in aller Ruhe unterhalten", giftete Gunnar.

Ihm reichte es. Bei dem Sturz waren mehrere Kugeln zerbrochen und der Weihnachtsbaum sah inzwischen wirklich jämmerlich aus. Die meisten Äste zierten nur noch vereinzelt hier und dort ein paar grüne Nadeln. Im Grunde konnte man das Tännchen nur noch als Gerippe bezeichnen.

„Aber Liebling...", wollte Juli protestieren, verstummte allerdings, als sie den äußerst verärgerten Blick ihres Ehemannes auffing. Offenbar war Gunnar mit seiner Geduld jetzt endgültig am Ende. Natürlich war Sophia beleidigt, als Juli nach ihrem Mantel griff und sagte: „Komm, es ist besser!"

Nachdem die Frauen mit Leah das Haus verlassen hatten, atmete Gunnar auf. Er hob den verunglückten Weihnachtsbaum aus dem Ständer, nahm den Schmuck sowie die letzten Päckchen ab, und brachte ihn anschließend auf die Terrasse. Dabei verlor das gute Stück auch die allerletzten Nadeln. Morgen würde er sofort einen frischen Weihnachtsbaum kaufen müssen. In dem Moment schwor er sich, dass er nie wieder zum ersten Advent einen Weihnachtsbaum aufstellen würde. Schließlich musste man ja nicht jedem Trend folgen. Er hoffte, das würde auch Juli einsehen.

Fussel´s erstes Weihnachtsfest

Einmal im Jahr tickt meine liebe Familie für einige Wochen komplett aus. Diese Zeit nennen sie Advent. Und am Schluss, sozusagen als Krönung des Irrsinns, steht das Weihnachtsfest. Da ich diese stressige Zeit nun schon einige Male miterlebt habe, schreckt sie mich nicht mehr. Aber ich werde es niemals vergessen, als ich das erste Mal damit konfrontiert wurde. Papa Söhnke, Mama Tina und ihre Tochter Chiara hatten mich einige Wochen zuvor aus dem Tierheim zu sich geholt. Da bin ich nämlich gelandet, weil meine Katzenmama dort meine Geschwister und mich zur Welt gebracht hat. Ich war übrigens der Kleinste in dem Wurf und wie ich gehört habe, hing mein Leben an einem seidenen Faden. Die Mitarbeiter im Tierheim mussten mich mit der Flasche großziehen. Inzwischen bin ich ein stattlicher Kater mit weißem Pelz und roten Flecken, aber meine Vergangenheit geht ja im Grunde niemanden etwas an. Krampus, das ist mein Katzenkumpel und großer Bruder, und der hat gemeint, meine

Familie hätte mich nur aus Mitleid zu sich genommen, weil ich so mickrig war. Mein Fell war damals noch unglaublich weich und zerzaust, daher auch mein Name Fussel. Damit ärgert Krampus mich immer, wenn er mich auf die Palme bringen will. Inzwischen bin ich ihm bei unseren spielerischen Balgereien nämlich durchaus gewachsen, und das wurmt ihn unendlich.

Es war Herbst, als ich hierhergekommen bin. Die Blätter hatten sich schon bunt gefärbt und ich war froh, endlich auch eine eigene Familie zu bekommen, denn meine Katzengeschwister wurden alle schon eher vermittelt. Als ich aus der Transportbox krabbelte, sah ich als erstes die grünen Augen eines riesigen, schwarzen Katers vor mir - das war Krampus. Er musterte mich zunächst einmal recht misstrauisch, griff mich aber nicht an, sondern zog sich schnell wieder zurück.

„Das ist unser neuer Familienzuwachs Krampus, sei nett zu ihm", hörte ich Mama Tina sagen.

Dann nahm sie mich auf den Arm und

zeigte mir meinen Futterplatz und das Katzenklo. Krampus trottete hinterher und ließ uns nicht aus den Augen. Zum Glück hat es nicht lange gedauert, und er hat mich akzeptiert. Ich habe ja sofort ein eigenes Körbchen bekommen, aber bald durfte ich mit ihm in seinem Bettchen schlafen. Eng aneinander gekuschelt fand ich es darin viel gemütlicher, aber inzwischen bin ich zu groß dafür. Jetzt liegen wir manchmal nebeneinander auf dem Sofa oder auf der Fensterbank. Krampus hat mir alles Wichtige beigebracht und ich bin froh, dass ich ihn habe, den Krampus. Aber ich schweife ab, ich wollte doch von dem ersten Weihnachtsfest bei uns, der Familie Klöckner, erzählen. Nachdem ich mich eingewöhnt hatte, gefiel es mir gut hier. Aber dann kam der Tag, an dem Mama Tina beim Mittagessen verkündete: „Wenn ich es heute noch schaffe, alle Fenster zu putzen, dann hole ich morgen die Weihnachtsdeko aus dem Keller!"

Krampus verzog sorgenvoll das Gesicht. „Oje, geht das wieder los", seufzte er.

„Was geht schon wieder los?", fragte ich

ahnungslos.

„Weihnachten steht vor der Tür", antwortete Krampus.

„Ja und? Was bedeutet das?"

„Das heißt, dass alle mehr oder weniger verrücktspielen", klärte Krampus mich auf.

„Warum, was ist denn Weihnachten?", wollte ich wissen.

„Weihnachten ist für die meisten Menschen der Höhepunkt des Jahres. Lass Dich einfach überraschen", meinte Krampus nur geheimnisvoll und hüllte sich fortan in Schweigen, so sehr ich mich auch bemühte ihm Näheres zu entlocken.

Es begann ganz harmlos. Nachdem die Fenster geputzt waren, holte Mama Tina etliche Kartons aus dem Keller und begann den Inhalt im Haus zu verteilen. Sie stellte jede Menge große und kleine Kerzen auf, holte weihnachtliche Figuren hervor und schmückte alle Wohnräume mit frischem Tannengrün, Ilexzweigen und noch allerlei anderem Krimskrams. Ein paar Tage duftete das ganze Haus herrlich nach Wald. Für mich sah es so aus, als hätte sie das alles nur hingestellt, damit wir damit spielen konnten. Ich fand es toll aufs Fensterbrett zu springen, die leichten, bunten Kugeln von dort auf den Boden zu pfoteln und zuzusehen wie sie unten zersprangen.

„Fussel! Was machst Du denn da?" schimpfte Mama Tina, als sie das sah.

Dann holte sie schnell Handfeger und Kehrblech und verbot mir streng, mich an dem restlichen Weihnachtsschmuck zu vergreifen. Aber das Zeug lag doch auf meinem Lieblingsplatz! Von dort habe ich nämlich die ganze Straße im Blick und sehe gern zu, was draußen los ist. Nun musste mein Kissen der Weihnachtsdekoration weichen. Das fand ich gar nicht lustig! Es war also streng verboten die Deko anzutasten oder durcheinander zu bringen. Bis dahin hatten wir ein beschauliches Leben geführt, aber das wurde jetzt anders. Fast jeden Tag kam Mama Tina mit geheimnisvollen Päckchen nach Hause. Sie war oft gereizt, weil sie so viel zu tun und zu bedenken hatte. Chiara saß meistens in ihrem Zimmer und malte oder bastelte. Außerdem musste sie den Text für ihre Rolle im Krippenspiel lernen, da konnte sie keine Ablenkung gebrauchen. Wenn wir auftauchten, scheuchte sie uns fort und meinte, wir würden nur stören. Sogar Papa Söhnke, der sonst immer die Ruhe selbst ist, beschwerte sich einige Male bei Mama Tina, weil sein Essen wieder mal nicht pünktlich auf dem Tisch stand.

„Du weißt doch, ich habe nur so eine kurze Mittagspause", schimpfte er.

Ich verstand die Welt nicht mehr. Krampus, der das Theater ja schon kannte, meinte, das wäre alles wegen Weihnachten. Ehrlich gesagt, mir gefiel dieses Weihnachten immer weniger. Jeden Abend wurden die Kerzen auf dem Adventskranz angezündet und Mama Tina las Chiara vor dem Schlafengehen in unserem Wohnzimmer eine schöne Geschichte vor. Einmal bin ich währenddessen auf den Tisch gesprungen, um mir die brennenden Kerzen aus der Nähe anzusehen. Dabei habe ich mir die Spitzen meiner Schnurrhaare verbrannt. Mama Tina und Chiara waren mächtig erschrocken, und ich erst. Zum Glück ist nicht mehr passiert. Und ein kleines Leckerli machte die Sache ohnehin schnell wieder gut.

„Bis zum Heiligen Abend ist sicher alles wieder in Ordnung", versuchte Chiaraa mich zu trösten und nahm mich liebevoll auf den Schoß. „Aber um die brennenden Kerzen musst Du einen großen Bogen machen!"

Das wusste ich von da an auch. Diese ruhige Stunde des Tages liebten Krampus und ich sehr. Aber am nächsten Morgen ging die Hektik wieder los. Als es einige Tage später zu schneien begann, war ich begeistert. Schnee hatte ich noch nie zuvor gesehen. Mir gefiel es sehr, von meinem Platz vor der Terrassentür zuzuschauen wie die weißen Flocken vor dem Fenster hin und her tanzten. Chiara freute sich ebenfalls über den Schnee und baute am Sonntag mit ihrem Papa im Garten einen großen, dicken Schneemann.

„Der wird sicher kein langes Leben haben", prophezeite Krampus.

„Wieso nicht?", fragte ich.

„Na, wenn es wärmer wird, dann schmilzt der Schnee", klärte Krampus mich auf.

Ach ja, ich musste noch so viel lernen!

Wenige Tage später setzte Tauwetter ein und als der Schneemann immer kleiner und kleiner wurde, war Chiara sehr traurig. Krampus und ich versuchten sie zu trösten, indem wir um ihre Beine schlichen und schnurrten, aber das half nur wenig. Sie war zudem beleidigt, weil sie im Krippenspiel nicht die Rolle der Maria bekommen hatte. Ihr Lehrer hatte bestimmt, dass sie lieber die Erzählerin sein sollte, weil sie eine laute und klare Stimme hat. Aber dafür musste sie viel mehr Text lernen und dazu hatte sie keine Lust. Der Postbote kam fast täglich und brachte viele bunte Karten. Mama Tina musste alle beantworten und stöhnte: „Ich wünschte, wir bekämen nicht mehr so viele Weihnachtskarten. Dann müsste ich mich nicht immer dafür bedanken. Das kostet so viel Zeit."

Ja, aber was hatte es denn nun auf sich mit diesem geheimnisvollen Weihnachtsfest? Krampus wollte es mir nicht verraten, egal wie sehr ich ihn deshalb zu löchern versuchte. Oma Käthe und Opa Gernot kamen aus Berlin angereist und Papa Söhnke holte sie vom Bahnhof ab. Die beiden kannte ich noch nicht, aber sie waren auch ganz nett, deshalb waren sie mir willkommen. Und dann kam endlich der große Tag.

„Heute ist Weihnachten", sagte Krampus mit grämlicher Miene.

Den ganzen Tag standen Mama Tina und ihre Mutter in der Küche und bereiteten ein Festmahl zu.

„Kriegen wir auch was ab?", wollte ich von Krampus wissen.

„Nee, das würde uns sicher nicht gut bekommen, aber ich denke, wir kriegen auch was Feines", versprach Krampus mir.

Die Aussicht darauf fand ich nun wieder gut an Weihnachten. Während die Frauen in der Küche werkelten, sollten Papa Söhnke und Opa den Weihnachtsbaum schmücken. Das war eine große Tanne, die sie mit dicken Kugeln, einer Lichterkette und vielen dünnen Silberfäden behängten. Zwei Mal kippte die Tanne um, bevor es ihnen endlich gelang, sie im Ständer fest zu verankern. Dabei verletzte sich Papa Söhnke. Weil die Wunde heftig blutete, ging er in die Küche zu den Frauen, um sich verarzten zu lassen.

Am späten Nachmittag brachen alle auf, um zur Kirche zu gehen. Als sie zurückkamen, heulte Chiara, weil sie vor Aufregung ihren Text durcheinander gebracht hatte und meinte, die anderen Kinder hätten sie deshalb ausgelacht. Dabei hatte sie doch so fleißig dafür gelernt! Mama Tina war entsetzt, weil der Tannenbaum nun schon wieder schief im Ständer hing.

„Ich dachte, Ihr hättet das Ding vorhin ordentlich befestigt", schimpfte sie. Papa Söhnke verteidigte sich, indem er sagte: „Das hatten wir auch. Ich verstehe das wirklich nicht."

Aber dank der tatkräftigen Hilfe von Opa stand das piksige, grüne Ding schnell wieder gerade. Ich war, trotz der Warnung von Krampus, in den Baum gesprungen, um einige Lamettafäden zu ergattern. Die hatte ich hinterm Sofa versteckt, sodass keiner wusste, dass ich der Übeltäter war. Mit Lametta kann man wunderbar spielen, müsst Ihr wissen. Und dann kam Chiara noch auf die dumme Idee, Krampus und mir ebenfalls eine breite Schleife um den Hals zu binden, damit wir beide ebenfalls

„weihnachtlich aussehen" sollten, wie sie sagte. Das blöde Ding wollte ich natürlich schnellstens loswerden, aber das klappte anfangs nicht so richtig. Nachdem alle gegessen hatten, und Chiara immer unruhiger auf ihrem Stuhl hin und her zappelte, durfte sie endlich ihre Geschenke auspacken, die unter dem Weihnachtsbaum lagen. Ruck zuck sah das Wohnzimmer wie ein Schlachtfeld aus, denn überall lagen Papierreste. Zu meiner Erleichterung hatte ich es inzwischen geschafft, mir die olle Schleife abzustreifen. Ich tollte in den Papierbergen herum und spielte mit dem Ringelband, aber Krampus hielt sich abseits. Für solche Albernheiten fühlte er sich zu alt, meinte er. Oma Käthe schaute mir dabei missbilligend zu, aber Mama Tina meinte versöhnlich: „Es ist Weihnachten, da soll der Kleine auch seinen Spaß haben!"
Ach ja, eine leckere Thunfischmahlzeit, das war unser Weihnachtsgeschenk.
„Das wird sich nun Jahr für Jahr so abspielen", meinte Krampus.
Wenn ich es recht bedenke, so schlecht finde ich Weihnachten eigentlich gar nicht,

nur die Aufregung vorher, die gefällt mir ganz und gar nicht.

Der Wunschbaum

Romina war schon als Kind mit ihren Eltern aus ihrer Heimat Italien nach Deutschland gekommen. Dann hatte sie einen deutschen Mann namens Georg kennengelernt und ihn geheiratet. Georg hatte von seiner Tante eine große Gärtnerei geerbt, und er und Romina eröffneten später zusätzlich einen Blumenladen. Da sie, genau wie ihr Mann, eine große Blumenfreundin war, gab Romina ihren Bürojob ohne Bedauern auf, um sich fortan um das neue Geschäft zu kümmern. „Romina´s Blütenträume" hatte sie ihren Laden genannt. Da sie sehr freundlich war und auch ein kreatives Händchen für ausgefallene Sträuße besaß, wurde ihr Blumenladen recht schnell bekannt. Romina und Georg hatten zu ihrem Kummer leider keine Kinder, obwohl sie sich lange darum bemüht hatten. Als ziemlich sicher feststand, dass es wohl so bleiben würde, hatte Romina ihre ganz Liebe den Tieren geschenkt. Vor allem Katzen hatten es ihr angetan. So waren nach und nach Kater Alessio und die beiden

Katzenschwestern Miranda und Violetta bei Ihnen eingezogen. Die liefen überall auf dem Gelände umher und waren auch häufig im Laden anzutreffen. Alle drei Katzen waren aus einem Tierheim zu ihnen gekommen, und Romina und Georg waren sehr glücklich mit ihrem pelzigen Familienzuwachs auf vier Pfoten. Auf ihrem Verkaufstresen stand ein großes Sparschwein für „Tiere in Not", und in jedem Jahr zu Weihnachten stellte Georg im Laden einen großen Weihnachtsbaum auf. Der wurde dann mit einer Lichterkette geschmückt, aber anstelle der bunten Weihnachtskugeln hingen Wunschzettel für die Tiere aus dem Tierheim daran. Dort wurden immer Decken und Futterspenden gebraucht. Körbchen, Katzentoiletten und Spielzeuge waren ebenso heiß begehrt. Die Kunden konnten sich einen oder mehrere dieser Wunschzettel mit nach Hause nehmen und ihre Gaben dann selbst im Tierheim abgeben. In diesem Jahr hatte Romina eine besondere Idee, die sie mit der Leiterin des Tierheimes besprach. Zurzeit waren zum Glück nicht allzu viele Katzen und nur wenige Hunde dort. Romina meinte, man könne doch zusätzlich Fotos der Katzen und Hunde mit einer kurzen Vita aufhängen, um so das Interesse ihrer Kunden zu wecken. Die Leiterin des Tierheimes war von dieser Idee begeistert. Und so hingen wenig später auch zehn Katzenfotos und sechs Hundebilder an dem Wunschbaum. Entzückend sah das aus, fand Romina. Sie war sehr zufrieden mit sich und hoffte auf viel Zuspruch für ihre Idee. Tatsächlich ließ der erste Erfolg nicht lange auf sich warten. Eine ältere Dame verliebte sich spontan in einen alten schwarz-weißen Kater, den sie wenige Tage später zu sich geholt hatte, wie sie Romina beim nächsten Einkauf vor Freude strahlend erzählte. Die Hunde wurden ebenfalls alle adoptiert, und so kamen noch einmal andere Fotos an den Baum. Georg, der dieser Aktion seiner Frau zunächst skeptisch gegenüber gestanden hatte, war inzwischen voll und ganz auf ihrer Seite, denn drei Tage vor dem Weihnachtsfest hing tatsächlich nur noch ein einziges Bild am Baum. Es zeigte eine schildpattfarbene, ältere Katze, die leider nur noch drei Beine hatte. Sie wurde als sehr verschmust und menschenbezogen geschildert, aber mit ihrer Behinderung wollte sich wohl niemand abfinden. Romina hatte mehrfach versucht, den Leuten gerade dieses arme Tier schmackhaft zu machen, war aber leider auf wenig Gegenliebe gestoßen. Je öfter sie das Bild anschaute, desto mehr fühlte sie sich dieser Katze verbunden. Im Tierheim hatte man ihr den Namen Estelle gegeben, und er passte zu ihr, fand Romina. Sie und Georg hatten ja schon drei Katzen, aber konnten sie nicht noch eine vierte bei sich aufnehmen? Dieser Gedanke ging ihr nicht mehr aus dem Kopf. Sie besprach diesen Wunsch mit Georg. Grundsätzlich hatte er nichts dagegen, wandte aber ein, dass ihre drei Samtpfötchen sich gut verstanden, aber was wäre, wenn nun noch eine weitere Katze hinzukäme? Das könnte doch durchaus Spannungen geben, gab er zu bedenken.

„Ach, das regelt sich bestimmt von allein", meinte Romina hoffnungsvoll.

So wurde beschlossen den Versuch zu wagen, nun auch Estelle in die Familie aufzunehmen. Romina wollte ohnehin nach den Feiertagen etwas kürzer treten, denn sie fühlte sich seit einiger Zeit nicht so recht wohl. Morgens war ihr häufig übel und ihr Appetit hatte auch nachgelassen.

„Aber das kommt ganz sicher nur vom vorweihnachtlichen Stress", hatte sie beruhigend zu Georg gesagt und ihm versprochen, gleich zu Beginn des neuen Jahres deswegen einen Arzt aufzusuchen. Inzwischen hatten sie zwar eine junge Frau zur Aushilfe eingestellt, aber in der Adventszeit war im Geschäft Hochbetrieb, da konnte sie schlecht fehlen. Über die Feiertage hatte sie genug Zeit, um sich darum zu kümmern, dass die anderen Katzen Estelle zu akzeptieren lernten. Das hatte sie sich fest vorgenommen. Beinahe wären ihre Pläne allerdings im letzten Moment noch gescheitert, denn ein junger Mann schaute sich das Foto der hübsche Estelle mit großem Interesse an.

„Die ist ja bildschön", sagte er zu seiner Freundin, und Romina´s Herz begann heftig zu klopfen. Natürlich wäre es wunderbar, wenn auch Estelle vermittelt werden konnte, aber nur dann, wenn feststand, dass sie es wirklich gut haben würde, fand sie.

„Aber sie hat ja nur drei Beine. Nein, ein behindertes Tier möchte ich nicht", sagte die junge Dame nach einem kurzen Blick auf das Foto.

„Es tut mir sehr leid, aber sie hören es ja selbst", meinte der junge Mann verlegen und bezahlte noch schnell den großen Blumenstrauß, den seine Begleiterin sich ausgesucht hatte. Romina atmete regelrecht auf, als die beiden das Geschäft verlassen hatten. Dann nahm sie das Bild von Estelle vom Baum und legte es zur Seite. Damit war es entschieden, Estelle würde zu ihr und Georg kommen. Dann rief sie im Tierheim an und bat darum, Estelle am Heiligen Abend nach Geschäftsschluss abholen zu dürfen. Sie wusste zwar, normalerweise wurden zu Weihnachten keine Tiere mehr abgegeben, aber bei ihr würde man sicher eine Ausnahme machen. Die Leiterin des Tierheimes war begeistert.

„Aber natürlich können Sie Estelle abholen, wir sind ja so froh, dass Sie sich um sie kümmern wollen! Mit Ihren anderen Katzen gibt es sicher keine Probleme. Estelle ist wirklich sehr anpassungsfähig und wird von selbst die Rangordnung akzeptieren, die die Anderen ihr geben", versicherte sie Romina, als die mit einer Transportbox vor ihr stand. Dann holte sie Estelle, und Romina fuhr glücklich mit ihr nach Hause. Sie fühlte sich wieder nicht recht wohl und war froh, als sie dort anlangte. Kurz nachdem Estelle die Box verlassen hatte, tauchte als Erster Kater Alessio auf und erstarrte einen kurzen Moment, als er die fremde Katze sah. Gespannt sah Romina zu, wie er dann gemächlich zu Estelle hinüber schlenderte und sie kurz beschnupperte. Estelle stand währenddessen unbeweglich wie eine Statue. Offenbar gefiel Alessio ihr Geruch, denn er legte sich ihr zu Füßen. Romina war sehr erleichtert, als sie diese rührende Geste beobachtete. Sie holte schnell ein Leckerli hervor und lobte beide Katzen ausgiebig. Auch ihre allererste Begegnung mit den beiden neuen Katzenschwestern verlief zu Romina´s Freude ebenfalls völlig problemlos. Nun konnte sie sich in aller Ruhe um ihre

Festvorbereitungen kümmern, denn abends wollten ihre Mutter und die Eltern von Georg zu ihnen kommen, um den Heiligen Abend mit ihren Kindern zu verbringen. Als sie alle zusammen beim Abendessen saßen, überfiel Romina erneut ein Anfall von Übelkeit, und sie stand auf, um ins Bad zu gehen. Ihre Schwiegermutter folgte ihr. Sie fragte Romina ohne Umschweife: „Bist Du vielleicht schwanger? Genauso fing es bei mir auch an, als Georg unterwegs war."

Romina schaute sie nur ungläubig an. Konnte das wahr sein? Im Weihnachtstrubel der letzten Wochen hatte sie kaum Zeit gehabt, auf sich zu achten.

„Das wäre für uns beide wirklich das schönste Weihnachtsgeschenk aller Zeiten", antwortete sie.

„Dann solltest nicht bis zum neuen Jahr warten, sondern Dir lieber möglichst schnell Klarheit verschaffen", schlug ihre Schwiegermutter vor.

Romina stimmte ihr zu, bat sie aber ihre Vermutung vorerst für sich zu behalten. Sollte sich herausstellen, dass sie wirklich ein Kind erwartete, dann hatte sie das nur

Estelle zu verdanken, da war sie sicher. Strahlend ging sie zu ihren Gästen zurück. Alessio hatte es sich in seinem Körbchen gemütlich gemacht. Estelle lag neben ihm und schaute ihn bewundernd an, während Miranda und Violetta sich auf der anderen Seite des Raumes mit ihrem neuen Katzenspielzeug beschäftigten. Die vier Katzen waren ja ihre Kinder, aber wenn jetzt vielleicht sogar noch ein Baby dazukommen würde, dann wäre Georg´s und ihr Glück endgültig perfekt, dachte Romina glücklich.

Hilfe, der Adventskranz brennt...

Lara und Luisa waren schon sehr aufgeregt. Übermorgen war der erste Advent. Mama hatte versprochen, deshalb mit den Zwillingen einen Adventskranz zu basteln. Dafür hatten sie beim Gärtner Tannengrün geholt und Schleifenband und Kerzen hatte Mama auch schon besorgt. Nun saßen sie zusammen, und unter Mama´s Anleitung entstand dann Stück für Stück ein wunderschöner, frischer Adventskranz. Die grünen Zweige wurden zurechtgeschnitten und um einen Strohrohling gewunden. Das sah richtig toll aus, fanden die beiden Mädchen. Sie waren sehr stolz, als ihr Werk fertig war. Dann half Mama ihnen dabei die Kerzenhalter auf dem Kranz befestigen, und zwischen den Kerzen leuchteten breite, rote Schleifen. Damit die schön aussahen, hatte Mama ihnen auch dabei geholfen. Die beiden Kleinen hatten vor Kurzem erst mühselig gelernt eine Schleife zu binden, aber so perfekt wie die von Mama sahen ihre „Kunstwerke" noch lange nicht aus. Für den Adventskranz sollte natürlich alles ganz besonders schön werden. Ihr Papa staunte, als er nach Hause kam, und das Werk seiner „drei Damen", wie er sagte, bewundern durfte.

„Nun kann die Adventszeit kommen. Wir sind jedenfalls gerüstet", lachte er.

Seine Töchter konnten Weihnachten kaum erwarten, und die Zeit vor dem Fest war für sie einfach die schönste Zeit im ganzen Jahr. Dann wurde zuhause viel gesungen, gebacken und es gab täglich eine ganz besonders schöne Gute-Nacht-Geschichte. Meistens war es Papa, der sie ihnen vorlas, weil er tagsüber nicht viel Zeit für seine Mädchen hatte. Und es war doch so gemütlich, wenn abends die Kerzen auf dem Adventskranz angezündet wurden, und die beiden Mädchen, meistens schon im Schlafanzug, mit Papa auf dem Sofa kuschelten und sich dabei von ihm eine möglichst lange Weihnachtsgeschichte vorlesen lassen konnten. So war es auch an diesem Abend. Aber heute war die Geschichte recht kurz ausgefallen bis Mama kam und die beiden Mädchen kurzerhand ins Bett schickte. Die Kerzen auf dem Adventskranz wurden gelöscht und die Tür zum Wohnzimmer geschlossen, denn die Eltern wollten beide noch arbeiten. Luisa und Lara lagen in ihren Betten und konnten einfach nicht einschlafen. Sie waren immer noch viel zu aufgeregt. Es war eine sternenklare Nacht. Auch der Mond stand am Himmel und erhellte, trotz der zugezogenen Vorhänge, mit seinem Silberschimmer den Raum. Schließlich stand Luisa auf und Lara folgte ihrem Beispiel. Leise schlichen sie in den Flur. Die Tür zum Arbeitszimmer ihrer Eltern war zu, aber unter der Tür hindurch schimmerte Licht durch eine Ritze, das konnten die Mädchen sehen. Also arbeiteten ihre Eltern immer noch.

„Meinst Du, Mama und Papa hätten etwas dagegen, wenn wir für ein paar Minuten noch mal eine Kerze auf dem Adventskranz anzünden? Wir können ja ganz leise sein", schlug Lara vor.

Sie wusste, ihre Mama benutzte immer nur ein elektrisches Feuerzeug, weil sie Streichhölzer viel zu gefährlich fand. Und dieses Feuerzeug zu bedienen war ja kinderleicht. Es lag in einer Schublade im Wohnzimmerschrank, aber natürlich war es den Mädchen streng verboten es allein auch nur anzurühren.

Luisa zögerte. „Ich glaube nicht, dass wir das tun sollten. Papa sagt doch immer, mit Feuer spielt man nicht."

„Wir spielen ja nicht damit, wir zünden eine Kerze für uns an, das ist etwas ganz anderes", behauptete ihre Schwester.

Sie blieben einen Moment lang unschlüssig stehen. Schließlich sagte Luisa: „Wir könnten ja auch fragen, ob wir heute noch ein bisschen aufbleiben dürfen und Mama für uns die Kerzen anzündet."

„Die schickt uns bestimmt gleich wieder ins Bett", nörgelte Lara.

Sie war eindeutig wagemutiger als ihre Schwester. Entschlossen schnappte sie sich das Feuerzeug und wenig später leuchteten auf dem Adventskranz erneut zwei Kerzen. Andächtig saßen beide Kinder davor und freuten sich. Das flackernde Licht der Kerzen beruhigte sie, und eng aneinander geschmiegt fielen ihnen schnell die Augen zu. Die erste Kerze war schon recht weit heruntergebrannt, und so dauerte es nicht lange, bis zuerst ein wenig Wachs in die Zweige tropfte und einige Tannenzweige auf dem Adventskranz schon zu knistern begannen. Kurz darauf kräuselte sich ein dünner Rauchfaden nach oben, und ein kleines Flämmchen begann zu züngeln. Es fehlte nicht viel und der ganze Kranz hätte lichterloh gebrannt. Die schlafenden Kinder bemerkten nichts davon. Zum Glück kam ihre Mutter in dem Moment aus dem Arbeitszimmer und trat in den Flur, weil sie sich etwas zu trinken holen wollte. Sie bemerkte den eigenartigen Geruch sofort, öffnete die Tür zum Wohnzimmer und sah die Bescherung. Erschrocken rief sie nach ihrem Mann, der auch gleich herbeieeilt kam, während sie beherzt schnell einen Blumenstrauß aus der Vase riss und das Wasser über den Adventskranz goss. Davon erwachten die beiden Mädchen und sahen ihre Eltern erschrocken an.

„Was habt Ihr Euch nur dabei gedacht?", fragte ihre Mama.

„Wir haben Euch doch verboten mit Feuer zu spielen", sagte der Papa streng.

Die Zwillinge sahen sich verlegen an, schließlich antwortete Lara: „Wir konnten nicht einschlafen, und es ist immer so gemütlich, wenn die Kerzen brennen."
Dann sagte ihr Vater: „Ich weiß, heute seid Ihr ein bisschen zu kurz gekommen. Morgen ist Samstag, da könnt Ihr länger aufbleiben. Aber Ihr müsst uns jetzt ganz fest versprechen, so etwas nie wieder zu tun!"
Luisa und Lara nickten stumm. Dann wurden sie von ihrer Mutter ins Bett gebracht, bekamen einen Gute-Nacht-Kuss, und sie sagte sehr bestimmt: „So, jetzt wird aber geschlafen! Ich schaue später noch mal nach Euch."
Dann ging sie zurück ins Wohnzimmer, um dort aufzuräumen.
„Schade, aber unser schöner Adventskranz ist wohl nicht mehr zu retten", sagte sie wehmütig. „Dabei haben wir uns alle so viel Mühe damit gegeben."
„Wir kaufen gleich morgen auf dem Weihnachtsmarkt frische Tannenzweige und basteln einen neuen Kranz", tröstete sie ihr Mann. Dann setzte er hinzu: „Ich finde

echte Kerzen ja viel schöner, aber ich glaube, wir sollten nicht nur für den Tannenbaum, sondern auch für unseren neuen Adventskranz lieber LED-Kerzen kaufen, damit sowas nicht wieder passieren kann. Mindestens so lange wie Lara und Luisa noch so klein sind", schlug er vor.

Seine Frau stimmte zu und forderte: „Aber ich möchte, dass Du im Wohnzimmer zusätzlich einen Rauchmelder installierst – vorsichtshalber."

Beide waren unendlich erleichtert, dass dieser Vorfall glimpflich abgelaufen war. Sie mochten gar nicht darüber nachdenken, was andernfalls hätte passieren können.

Weihnachtsmarkt im Birkenhof

Meine Freunde und ich leben auf einem großen Bauernhof, der allerdings nicht mehr bewirtschaftet wird. Die Menschen, die sich um uns kümmern, haben sich dem Tierschutz verschrieben. Deshalb leben hier drei Pferde, ein Hund, vier Schafe, ein Schwein, mehrere Hühner, eine behinderte Katze und ich, der Esel Timon. Wir haben mächtig Glück gehabt, dass wir auf dem Birkenhof gelandet sind, denn hier können wir uns bis ans Lebensende sicher und geliebt fühlen. Das war nicht immer so, im Gegenteil. Die meisten von uns haben schlimme Dinge erlebt, aber davon soll hier gar nicht die Rede sein, denn das gehört der Vergangenheit an. Die Unterhaltung eines Gnadenhofes kostet viel Geld, denn unser Futter, die Tierarztkosten und dergleichen, das alles muss ja bezahlt werden. Deshalb hatte Karin, die Gründerin des Birkenhofes eine Idee.

„Wir veranstalten einen Weihnachtsmarkt", schlug sie vor. „Wir könnten doch einige Stände aufstellen, an denen selbstgebackene

Kekse, Wolle und Gebasteltes verkauft wird. Und mit einigen Tieren könnten wir sogar eine lebende Krippe aufbauen. Was haltet Ihr davon?", fragte sie ihre Helfer. Die waren sofort hellauf begeistert.

„Ich kann gut Strümpfe stricken, das hat meine Oma mir beigebracht. Und ich habe noch viele Wollreste zuhause. Vor allem Kindersocken dürfen doch kunterbunt sein", meinte Ria.

„Deine Kekse sind immer superlecker. Hast Du Lust einige für den Verkauf zu backen? Die Kosten für die Zutaten bekommst Du natürlich erstattet", schlug Karin, an Silvia gewandt, vor.

Die nickte. „Klar mache ich das, aber unentgeltlich, das ist doch Ehrensache!"

„Und ich habe im Keller noch viele leere Marmeladengläser. Mit Schleifenband und Sternchenaufklebern könnte ich die ohne großen Aufwand zu Windlichtern machen", regte Ulrike an.

„Auf der großen Deele stellen wir Tische und Stühle auf, und ich biete dort selbstgebackene Waffeln und Glühwein an", rief Christel.

So schwirrten schon im Sommer die Ideen hin und her. Viele Tiere wussten mit dem Wort „Weihnachten" nicht viel anzufangen, aber der Hund Bosco und auch die Katze Gritli erinnerten sich gut daran, dass Weihnachten für die meisten Menschen große Bedeutung hat.

„Früher, als ich noch auf dem anderen Bauernhof gelebt habe, da musste ich im Sommer auf dem Feld arbeiten, und wenn im Winter genug Schnee lag, habe ich einen Schlitten gezogen. Damit sind dann die Menschen am Heiligen Abend zur Kirche gefahren", erzählte mein Pferdefreund Max. Die zwei weiblichen Tiere heißen übrigens Liese und Ella.

„In der Weihnachtsgeschichte kommen übrigens auch ein Ochse und ein Esel vor. Die stehen nämlich bei dem neugeborenen Christkind im Stall", wusste Gritli. „Aber von einer Katze ist leider nirgendwo die Rede", fügte sie bedauernd hinzu.

„Wieso?", fragte ich. „In einem Stall gibt's doch immer viele Mäuse, und dann sind auch Katzen da."

Darauf wusste Gritli leider keine Antwort.

Unterdessen verging der Sommer, es wurde Herbst, und eines schönen Tages brachte Andreas, der Mann von Karin, mehrere Tannenbäume auf dem Anhänger seines Traktors mit nach Hause. Den größten stellte er in der Deele auf, und die Frauen begannen sofort ihn mit bunten Kugeln, Sternen, Schleifen und Kerzen festlich zu schmücken. Die anderen Bäume wurden auf dem Gelände des Hofes verteilt. Später wurden sie ebenfalls mit Strohsternen und Schleifen verziert.

„Übermorgen ist der erste Advent. Dann kommen bestimmt viele Besucher hierher. Meistens ist die Spendendose, die auf der Deele steht, hinterher sehr schwer, und vielleicht kriegen wir von denen sogar das eine oder andere Leckerli", hoffte Gritli.

Einige Male im Jahr öffnet der Birkenhof seine Tore auch für auswärtige Besucher. Diese Veranstaltungen sind sehr beliebt. Die Kinder, die in der Stadt leben, kennen uns Haustiere nämlich oft nur aus Bilderbüchern. Viele von ihnen reißen sich darum, einmal auf dem Rücken von Max oder den beiden Stuten sitzen zu dürfen, während andere die Tiere nur streicheln möchten. Manche haben aber auch Angst, vor allem vor den großen Pferden. Die schauen erst bei mir vorbei, bevor sie sich zu ihnen auf die Koppel trauen. Zwei Mal habe ich so einen „Tag der offenen Tür" bislang erlebt. Ich mag Kinder gern und bin sehr geduldig mit ihnen. Außerdem freue ich mich, wenn ich zur Belohnung einen frischen Apfel oder eine leckere Möhre zugesteckt bekomme. Und nachdem die Weihnachtsbäume alle aufgestellt waren, zimmerte Andreas mit Stefans Hilfe einige Holzhütten zusammen. Darin sollte alles angeboten werden, was Karin und ihre Mitarbeiterinnen für diesen Tag vorbereitet hatten. Sie hatte auch den Dachboden aufgeräumt und dort vieles gefunden, was zwar noch in Ordnung, aber für sie nicht mehr wichtig war. Altes Kinderspielzeug, Bücher und Geschirr zum Beispiel.

„Es wird bestimmt toll, aber die Attraktion ist sicher die lebende Krippe!", meinte Stefan.

Dafür wurde der kleinste Stall von ihm und Andreas so gut es ging sauber gemacht.

Dann stellte Karin eine kleine Futterraufe auf, füllte sie mit Stroh und legte eine große Puppe hinein. Die sah tatsächlich aus wie ein echtes Baby und hat früher ihrer Tochter Maike gehört.

„Die symbolisiert das Jesuskind", wisperte Gritli.

Aha, dachte ich. „Einen Ochsen haben wir hier ja nicht, aber die Schafe und Du, Ihr müsst es bewachen", erklärte sie mir. „Das ist eine große Ehre, und deshalb will ich auch dabei sein!"

Um ehrlich zu sein, mir war das Ganze nicht geheuer. Ich hätte mich lieber, wie sonst auch, frei auf dem ganzen Hof bewegt, aber ich wollte den Menschen den Spaß nicht verderben. Also habe ich mich an dem Sonntag, kurz bevor die ersten Besucher kamen, willig in den Stall bringen lassen. Die Schafe waren schon da. Eines lag in der Ecke und döste, die anderen standen neben der Krippe und schauten ein bisschen ratlos hinunter auf das angebliche Jesuskind. Meine Freundin Gritli huschte ebenfalls schnell mit in den Stall. Bosco musste allerdings draußen bleiben.

„Davon, dass Hunde das Jesuskind besucht haben, steht nichts in der Bibel", sagte Gritli zu ihm.

„Du hast selbst gesagt, dass da von Katzen auch nicht die Rede ist", antwortete er mürrisch. Ich glaube, er war ein bisschen beleidigt. Aber das hält bei ihm zum Glück nie lange an. Zum guten Schluss hängte Andreas noch eine brennende Laterne auf.

Christel war total begeistert. „Davon muss ich unbedingt ein Foto machen!", rief sie und rannte los, um ihren Fotoapparat zu holen. Sie hatte schon während der Vorbereitungen viele Bilder geschossen und lief während des ganzen Nachmittags immer wieder hin und her, um „die tolle Weihnachtsstimmung festzuhalten", wie sie sagte. Auch Karin, Stefan und die anderen Mitarbeiter des Birkenhofes fanden die lebende Krippe sehr stimmungsvoll. Wenig später kamen schon die ersten Gäste. Sie schlenderten zwischen den Ständen hin und her, kauften eine Kleinigkeit, aßen Waffeln und tranken Kakao und Glühwein oder bestaunten und streichelten die Tiere. So gut wie alle schauten sich auch die lebende

Krippe an, und es wurden viele weitere Fotoapparate gezückt.

„Schau mal, wie niedlich das Jesuskind ist", sagte eine Frau. Ihr Mann nickte und bemerkte: „Ich finde es erstaunlich, dass die Tiere so geduldig sind."

Gritli war ganz in ihrem Element und genoss es sichtlich, dass sie so oft fotografiert wurde. Wie oft haben Besucher sie schon bedauert, weil sie eine verkürzte Pfote hat und deshalb humpelt, aber das mag sie gar nicht. Sie kennt es von Geburt an nicht anders, weiß aber längst, dass so eine Behinderung für viele Menschen ein Makel ist – leider. Daher rollte sie sich zu Füßen des Jesuskindes zusammen, sodass man das nicht sehen konnte. Gritli fand es prima, wenn die Leute lachten und sich freuten, dass sich sogar eine Katze um das Jesuskind kümmerte. Ich glaube, so viele Leute waren noch nie hier. Am Ende dieses aufregenden Tages waren alle müde von dem ganzen Trubel, aber sie hatten viel Geld eingenommen und waren sehr zufrieden, dass sich ihre Mühe gelohnt und es den Besuchern so gut gefallen hatte. Alle waren sich einig, dass sie im nächsten Jahr unbedingt wieder einen Weihnachtsmarkt organisieren wollten.

Wisst Ihr, was ich am allerschönsten fand? Das war der Moment, in dem Andreas sagte, dass er für sich und Karin ein Erinnerungsfoto machen wollte. Auch Max und Bosco wurden in den Stall geholt, und alle, die zu der gelungenen Veranstaltung beigetragen hatten, stellten sich dazu. Durch diese nette Geste war Bosco endgültig versöhnt. Das Bild hängt jetzt in der Deele, wie Gritli mir neulich erst erzählt hat. Darauf sind wir alle sehr stolz!

Der Nikolaus kommt

Die Kinder in der Gruppe der OGS (Offene Ganztagsschule) waren sehr aufgeregt. Heute sollte der Nikolaus zu ihnen kommen. Schon beim Mittagessen waren alle unruhig und konnten es kaum erwarten. Nachdem sie satt waren, wurden erst noch die Tornister hervorgeholt, damit sie wenigstens einen Teil der Hausaufgaben erledigen konnten. Endlich war es soweit, die Schulglocke ertönte, und Lena sagte ihnen, dass sie nun alle Hefte und die Federmappen wieder einräumen konnten. Dann wurde ein Stuhlkreis gebildet und Mirena stimmte mit ihnen das Lied: „Lasst uns froh und munter sein..." an. Nachdem es verklungen war, klopfte es laut an der Tür und sofort sprang Mirko auf, um sie zu öffnen.

Aber Lena war schneller. „Setz Dich bitte wieder", bat sie ihn.

Dann ging sie selbst zur Tür und ließ den Nikolaus eintreten. Der trug einen roten Anzug und hatte einen langen weißen Bart. Alle Kinder schauten ihn neugierig an. Was mochte wohl drin sein, in dem großen Sack, den er geschultert hatte? Der sah recht schwer aus.

„Hallo zusammen!", begrüßte der Nikolaus die erwartungsvollen Kinder.

„Hallo, hallo lieber Nikolaus", riefen die Kinder durcheinander.

Nachdem wieder Ruhe eingekehrt war, fuhr er fort: „Nun kommt die übliche Frage. Wart Ihr denn auch alle lieb?"

„Doch, meistens schon", antwortete Mirena diplomatisch.

„Mir ist zu Ohren gekommen", sagte der Nikolaus, „dass einige Kinder manchmal das Essen nicht mögen, und Ihr alle seid oft viel zu laut. Stimmt das?"

Daraufhin war erst mal Funkstille. Keines der Kinder mochte darauf antworten. Leonie verkroch sich sogar ein wenig ängstlich hinter ihrer Freundin Emilia.

„Keine Angst, als ich klein war, da war ich auch nicht immer brav!", meinte der Nikolaus, und alle atmeten erleichtert auf.

„Ich habe Euch etwas mitgebracht. Ich weiß, das habt Ihr auf jeden Fall verdient!"

Dann öffnete er seinen Sack und übergab

jedem Kind eine Tüte, die mit drei Mandarinen, Keksen und auch einem Schokoladenweihnachtsmann gefüllt war.

„So, jetzt muss ich weiter. Ich habe ja noch viele andere Kinder zu beschenken. Aber könnt Ihr mir vielleicht noch ein Lied singen?", erkundigte er sich. „Ich höre so gern O du fröhliche", bat er.

Das kannten alle Kinder. Und schon ertönte es zu Ehren vom Nikolaus – ganz laut sogar. Der griff nach seinem Sack und wandte sich zum Gehen, als der kleine Hund des Hausmeisters plötzlich laut bellend durch die Tür geschossen kam. Ehe der Nikolaus sich versah, sprang er an ihm hoch und konnte sich vor Freude gar nicht mehr beruhigen. Der Nikolaus, der sich im ersten Moment tüchtig erschrocken hatte, beugte sich zu ihm hinunter und streichelte ihn liebevoll.

„Na, das nenne ich eine tolle Begrüßung!", lachte der Nikolaus. „Für Dich habe ich allerdings leider nichts in meinem Sack, das tut mir wirklich leid", sagte er. „Aber es ist schön, dass Du mich trotzdem magst, Kleiner. Komm mit, ich bringe Dich nach

Hause. Tschüss Kinder, bis zum nächsten Jahr!"

Und schon war er wieder verschwunden.

Jonte

Mein Name ist Jonte. Der setzt sich auf Jonny und Teddy zusammen, hat meine Katzenmama gesagt. Das waren nämlich meine beiden Vorgänger. Beide waren, genauso wie ich, pechschwarz. Und meine Katzenmama hat sie sehr lieb gehabt und vermisst sie immer noch, wie sie sagt. Aber jetzt bin ich bei ihr, und ich weiß, sie liebt mich auch. Sie sagt, dass sie hofft, dass ich gesund bleibe, immer gut auf mich aufpasse und steinalt werde. Das wünsche ich mir natürlich ebenso. Ich bin im Herbst auf einem Bauernhof geboren. Dort holt meine Katzenmama immer ihre Eier. Als sie erfuhr, dass dort kleine Kätzchen zur Welt gekommen waren, wollte sie meine Geschwister und mich unbedingt sofort anschauen. Die Bäuerin hat es ihr erlaubt, und so hat sie mich entdeckt und gleich darum gebeten, dass ich zu ihr kommen darf sobald es geht. Von dem Tag an ist sie ganz oft gekommen, damit ich mich an sie gewöhnen konnte. So war es für mich gar nicht so schwer, als sie mich endgültig mit nach Hause genommen hat. Hier gefällt es mir, denn sie hat für mich jede Menge Spielzeug angeschafft, gibt mir leckeres Futter so viel ich mag und wir kuscheln auch gern und oft zusammen. Das tut uns beiden gut. Ach ja, einen Katzenpapa habe ich jetzt auch. Aber der arbeitet ganz viel und ist oft unterwegs, deshalb ist meine neue Katzenmama vorerst allein meine bevorzugte Bezugsperson. Natürlich mache ich auch Dummheiten und ich glaube, das hat sie sich nicht so vorgestellt, denn über das „Flegelalter", wie mein Katzenpapa sagt, waren ihre beiden anderen Kater ja längst hinaus, als sie zu ihnen kamen. Aber geschimpft haben sie bisher noch nicht mit mir. Ich muss noch viel lernen, und meine Katzenmama hilft mir dabei. Das heißt, sie versucht es, aber natürlich klappt das nicht immer. Katzen sind nicht so leicht zu erziehen wie Hunde, ich denke, das hat sie inzwischen gemerkt. Aber wenn sie ganz laut „Nein", ruft, dann weiß ich, das ist etwas Verbotenes. Das macht sie, wenn ich auf den Esstisch springe, um mit ihr zu frühstücken oder wenn ich an den

Vorhängen hochzuklettern versuche. Ganz übel ist es, wenn ich an der Tapete kratze. Dafür ist der Kratzbaum da oder die Bäume im Garten, hat sie mir eingeschärft. Aber das macht natürlich nicht halb so viel Spaß. Und die eine Stelle hinter dem Schrank in der Diele, die hat sie noch gar nicht gesehen, da habe ich die Tapete nämlich schon ziemlich zerfleddert.

In den letzten Wochen sind meine neuen Menschen aber völlig aus dem Häuschen. Jedenfalls kommt es mir so vor. Dauernd schleppen sie viele geheimnisvolle Pakete ins Haus, dann rascheln sie mit buntem Papier und Schleifenband, und wenn sie die Sachen verpackt haben, dann werden sie versteckt. Komische Sitten sind das, finde ich.

„Bald ist doch Weihnachten", hat meine Katzenmama gesagt, als sie damit begonnen hat das ganze Haus auf den Kopf zu stellen. Sie hat die großen Fenster geputzt und lauter Engel und Flitterkram auf die Fensterbank gestellt. Auch einen alten Schlitten hat sie ins Wohnzimmer geholt und den mit Tannenzweigen, bunten Kugeln und Schleifen herausgeputzt. Aber als ich die Schleifen endlich aufgedröselt hatte, um damit spielen zu können, hat sie gesagt, das ist auch verboten – leider. Dabei hat mir das so viel Spaß gemacht! Überhaupt, was bedeutet Weihnachten? Für die Menschen muss es wichtig sein. Kriegen wir dann Besuch? Gestern haben sie einen großen Tannenbaum ins Haus geschleppt. Unter Ächzen und Stöhnen hat mein Katzenpapa den in einen Ständer gesteckt und dann wurde das Ding von meiner Katzenmama mit bunten Kugeln, Sternen und Lichtern aufgepeppt.

„Jonte, das ist unser Weihnachtsbaum!", hat meine Katzenmama mir dann zu erklären versucht. Für diesen Baum musste der Schlitten weichen – schade. Aber ich fand den geschmückten Weihnachtsbaum auch interessant. Als Erstes habe ich einige der unteren Kugeln runtergeholt und durchs Zimmer gekegelt. Dabei ist eine zerbrochen und an den Splittern habe ich mir das Pfötchen verletzt. Das hat sogar geblutet, aber nicht sehr, das konnte ich schnell wieder ablecken. Als meine Katzenmama ins Zimmer kam, war sie allerdings doch ein bisschen böse und hat das erste Mal mit mir geschimpft. Dann hat sie die Kugeln wieder an den Baum gehängt und mich mit hinaus genommen. Für den Rest des Tages blieb das Wohnzimmer dann für mich verschlossen. Am nächsten Tag haben sie beide die vielen bunten Päckchen wieder aus dem Versteck geholt und sie unter den Weihnachtsbaum gelegt. Im Esszimmer wurde der Tisch ausgezogen und mit dem guten Geschirr festlich gedeckt. Meine Katzenmama verschwand lange im Bad und als sie wieder zum Vorschein kam, sah sie ganz verändert aus. Sie hatte sich umgezogen und ihre Haare hochgesteckt. An dem Tag hatte leider niemand Zeit für mich und deswegen habe ich mich tüchtig gelangweilt. Daher habe ich dann damit begonnen einige der Päckchen schon mal für sie auszupacken. Das war ein Spaß, das Papier zu zerfetzten. Später am Nachmittag klingelte es, und die netten Eltern meiner Katzenmama standen vor der Haustür. Sie hatten große Tüten dabei, aus denen ebenfalls bunte Päckchen hervorschauten. Nachdem ich sie kurz begrüßt hatte, bin ich wieder ins Wohnzimmer gelaufen, um weiter zu machen. Als sie alle dann ins Wohnzimmer kamen und die Bescherung sahen, habe ich mich vorsichtshalber schnell wieder unsichtbar gemacht und bin in den Baum gesprungen. Ich ahnte nämlich, das hätte ich vielleicht doch nicht tun dürfen. Der Weihnachtsbaum wackelte zwar ein bisschen, ist aber zum Glück nicht umgekippt.

„Du liebe Güte, was ist das denn?" hörte ich meinen Katzenpapa sagen.

„Das kann doch nur Jonte gewesen sein. He, wo steckst Du denn?" rief meine Katzenmama.

Aber sie war nicht ärgerlich, sondern hat nur gelacht. Eine Weile habe ich sie zappeln und nach mir suchen lassen. Aber das hat sie schnell aufgegeben und mit ihren Gästen zusammen alle Geschenke ausgepackt. Schließlich bin ich doch aus meinem Versteck hervor gekommen, denn dem lauten Rascheln des Papiers konnte ich nicht widerstehen. Außerdem lag auf dem

Fußboden jede Menge Schleifenband zum Spielen für mich

„Da bist Du ja, mein Schatz!", rief meine Katzenmama und nahm mich auf den Arm. „Es ist doch Weihnachten, und deshalb sollst Du auch ein Geschenk bekommen."

Und dann hat sie eine Dose mit Thunfisch für mich aufgemacht – hm, so eine Delikatesse bekomme ich nur selten. Also mir gefällt dieses Weihnachten gar nicht so schlecht, das muss ich schon sagen. Im nächsten Jahr feiern wir auch wieder Weihnachten, das hat meine Katzenmama gesagt, aber das ist doch noch so lange hin, wie soll ich das nur aushalten?

Oma Immi

Oma Immi, diesen Kosenamen hatte ihr Enkel Irmgard Klette gegeben, als er klein war und ihren Namen noch nicht richtig aussprechen konnte. Ach, wie lange hatte er sie nicht mehr so genannt, dachte sie wehmütig. Ihre Nachbarin in der Wohnung unter ihr, war alleinerziehend und hatte eine kleine Tochter. Sie hatte sich mit der jungen Mutter ein wenig angefreundet und achtete ab und zu auf Tara, die ihren Vorschlag sie Oma Immi zu nennen, gleich begeistert aufgenommen hatte. Seitdem ihr Sohn mit seiner Familie aus beruflichen Gründen nach Kanada ausgewandert war, sah sie sich am Heiligen Abend immer gern die alten Fotoalben an und schwelgte in ihren Erinnerungen an vergangene Zeiten. Sie telefonierten recht häufig miteinander, und einmal hatte sie es sogar gewagt ihre Kinder dort zu besuchen. Aber inzwischen fühlte sie sich gesundheitlich nicht mehr in der Lage einen so langen Flug unbeschadet zu überstehen. Sie hoffte allerdings, dass sie weiterhin in ihren eigenen vier Wänden bleiben konnte. Natürlich spürte sie ihr fortgeschrittenes Alter durchaus, wollte sich aber keinesfalls davon unterkriegen lassen. Das war immer ihr Lebensmotto gewesen. Vor Kurzem hatte sie sich von ihrer Nachbarin dazu überreden lassen, einen Pieper zu tragen, mit dem sie im akuten Notfall Hilfe holen konnte. Das Paket aus Kanada stand in ihrem Schlafzimmer und sie freute sich schon darauf es am Abend auszupacken. Der Kühlschrank war voll, und sie brauchte nicht mehr einkaufen gehen, daher konnte sie sich Zeit nehmen alles für einen gemütlichen und ruhigen Heiligen Abend vorzubereiten. An diesem Vormittag fühlte sie sich nicht recht wohl. Schon beim Aufstehen hatte sie gemerkt, dass ihr Kreislauf nicht in Ordnung war. Sie schwankte regelrecht ins Bad und kochte sich anschließend einen Kaffee, um richtig munter zu werden. Sie wollte sich gerade vom Frühstückstisch erheben, als sie erneut der Schwindel packte. Im Fallen konnte sie gerade noch den roten Knopf ihres Piepers drücken, dann wurde ihr schwarz vor Augen. Als wie wieder zu sich kam, blickte sie erstaunt in das Gesicht eines fremden jungen Mannes, der sie besorgt anschaute.

„Geht es wieder, Frau Klette?", fragte er.

„Was ist passiert und wo bin ich hier?", fragte sie unsicher.

„Keine Angst", beruhigte er sie. „Sie hatten einen kleinen Schwächeanfall, aber das ist nichts Schlimmes, meint der Arzt. Er möchte sie allerdings einige Tage lang zur Beobachtung im Krankenhaus behalten. Sie hatten großes Glück, dass nicht mehr passiert ist. Haben Sie Angehörige, die wir benachrichtigen sollen?"

Irmgard Klette war immer noch verwirrt. Sie hatte keine Schmerzen, fühlte sich allerdings recht matt.

„Mein Sohn lebt mit seiner Familie in Kanada. Wir wollten telefonieren, aber ich habe mein Handy ja nicht dabei", sagte sie traurig.

„Wissen Sie zufällig die Telefonnummer Ihres Sohnes? Dann könnte ich ihm eine Nachricht senden.Ich heiße übrigens Maik", bot der Pfleger ihr an.

„Würden Sie das für mich tun Maik? Dafür wäre ich Ihnen wirklich sehr dankbar.

Doch, die Nummer habe ich im Kopf."

„Dann komme ich zum Ende meiner Schicht zu Ihnen und wir nehmen das in Angriff. Bis dahin ruhen Sie sich noch ein bisschen aus", wurde ihr vorgeschlagen.

Irmgard Klette nickte. Dann döste sie wieder ein. Als sie erwachte, fühlte sie sich besser. Unternehmungslustig setzte sie sich in ihrem Krankenbett auf und schaute zur Seite. Im Bett nebenan lag eine grauhaarige Dame, die in etwa ihr Alter haben mochte.

„Wie schön, dass Sie jetzt auch wieder vernehmungsfähig sind", scherzte ihre Bettnachbarin. „Ich bin Herta Schröder. Aber wir können uns gern duzen."

„Ich heiße Irmgard."

„Na dann, fröhliche Weihnachten Irmgard. Heiligabend im Krankenhaus, das habe ich zum Glück bisher noch nicht erlebt, aber da ich zuhause allein bin, finde ich das nicht so schlimm."

„So ähnlich geht es mir auch, trotzdem wäre ich lieber daheim", erwiderte Irmgard.

„Ja - das ist doch keine Frage. Aber die Schwestern hier sind wirklich nett und tun für uns was sie können", beruhigte Herta sie. „Und später soll noch ein Kinderchor kommen, um uns aufzuheitern."

Als Maik das Zimmer betrat, fand er die beiden Frauen in ein lebhaftes Gespräch vertieft vor.

„Wie schön, Sie haben sich ja schon miteinander bekannt gemacht. So, Frau Klette, was soll ich denn schreiben?"

Irmgard Klette überlegte einen kurzen Moment, bevor sie Maik einige Sätze diktierte. Ein Klick und schon war die Nachricht abgegangen. Das war schon eine tolle Technik, fand sie. Wenig später vibrierte Maik´s Smartphone. Ihr Sohn hatte die Zeilen erhalten und sofort geantwortet Natürlich war er sehr erschrocken, aber auch beruhigt, dass er seine Mutter in guten Händen wusste. Er bat darum, gleich Bescheid zu erhalten, sobald sie wieder zuhause sein würde.

„So, und nun lehnen Sie sich zurück und erholen Sie sich", sagte Maik. Dann verabschiedete er sich und wünschte ihnen noch ein frohes Fest. „Ich habe erst übermorgen wieder Dienst, solange werden Sie beide ja wohl noch bleiben oder?"

„Ich fürchte schon", antwortete Irmgard und ihre Bettnachbarin nickte.

„Also bis dann meine Damen!", rief Maik fröhlich und verschwand.

„Wirklich ein netter Junge", fand Irmgard.

„Er erinnert mich an meinen Enkel Joel."

„Ich habe ja leider keine eigene Familie", antwortete Herta wehmütig. Aber im nächsten Moment wurde sie wieder munter.

„Zuhause bin ich am Heiligen Abend immer allein, aber hier freue ich mich auf den Auftritt der Kinder. Das wird sicher nett."

Kurz darauf betrat eine Krankenschwester den Raum und kündigte das Kommen der Kleinen an. Sie ließ die Tür zum Flur offen und einige Minuten später erklangen helle Kinderstimmen. Herta und Irmgard lehnten sich zurück und hörten andächtig zu. Fast eine Stunde dauerte das Konzert, und am Ende betrat ein kleines Mädchen ihr Zimmer. Sie überreichte den beiden jeweils einen Tannenzweig, der mit einem kleinen Strohstern geschmückt war, und ein Teelicht.

„Hier bist Du, Oma Immi", rief die Kleine erschrocken.

„Ja, und was machst Du hier", staunte Irmgard.

„Ich singe doch im Kinderchor. Mama und ich wollten Dich vorhin besuchen und Dir frohe Weihnachten wünschen, aber Du hast nicht aufgemacht."

„Wie Du siehst, konnte ich das nicht. Aber ich würde mich sehr freuen, wenn Ihr Euren Besuch bei mir nachholt, wenn ich wieder zuhause bin. Kannst Du das Deiner Mama sagen?"

Tara versprach es, bevor sie schnell wieder aus dem Zimmer huschte.

„Das ist ja ein liebes Kind", stellte Herta fest. „So nette Nachbarn hätte ich auch gern."

Irmgard lächelte. Sie hatte wirklich keinen Grund sich zu beklagen, das wusste sie. Im Gegenteil, sie freute sich auf den Besuch, außerdem hatte Oma Immi für Tara ein kleines Weihnachtsgeschenk besorgt und natürlich war sie schon sehr gespannt was die Kleine dazu sagen würde.

Silas

Lange hatten Helga und ihr Mann Theo auf ein Baby gewartet. Umso größer war ihre Freude als ihnen doch noch ein Sohn geschenkt wurde, der ausgerechnet am Heiligen Abend geboren wurde. Silas, so hatten sie ihren kleinen Prinzen genannt. Der blonde Junge entwickelte sich prächtig, war gesund und sehr aufgeweckt. Er machte seinen Eltern nur Freude. Als er in die Schule kam, merkten seine Lehrer sehr bald, dass er ein hochbegabtes Kind war. Natürlich waren Helga und Theo stolz auf ihren Sohn, allerdings wäre es ihnen fast lieber gewesen, er hätte diese Bürde nicht zu tragen. Beide wussten, dass so etwas leider nicht immer ein Segen für die Betroffenen war. Wie sich einige Jahre später herausstellte, hatten sie damit leider recht, denn als Silas in die Pubertät kam, begannen seine Probleme. Er hatte „null Bock" auf die Schule, wollte am Wochenende am liebsten gar nicht mehr aufstehen sondern kapselte sich immer mehr von seinen Freunden ab. Seine verzweifelten Eltern machten sich die größten Sorgen um ihn.

Schließlich fuhren sie mit ihm ins Tierheim, weil er sich einen Hund wünschte. Sie hofften das würde ihm helfen, sich wieder mit der Realität auseinanderzusetzen und zu versöhnen. Der Mischlingsrüde Benji und Silas wurden recht schnell unzertrennlich. Er erzählte Benji alles was er mit seinen Eltern nicht besprechen konnte und wollte, ging regelmäßig mit ihm spazieren und eine Zeitlang sah es tatsächlich so aus, als hätte er sich gefangen. Er begann sogar eine Ausbildung, die er allerdings nach einiger Zeit abbrach, weil seine depressiven Schübe immer häufiger auftraten. Seine Eltern waren völlig verzweifelt, weil Silas jegliche professionelle Hilfe ablehnte. Aber auch mit ihnen wollte er nicht reden. Und als Helga ihn eines Sonntags wecken wollte, damit er wenigstens am Mittagstisch erscheinen sollte, war sein Bett unberührt. Silas und Benji waren verschwunden. Außer Benji hatte Silas zwar einen Teil seiner Kleidung und auch das Sparbuch mitgenommen, aber für seine Eltern hatte er keine Nachricht hinterlassen. Einfach so, ohne ein Wort hatten die beiden sich aus dem Staub gemacht. Auch sämtliche Anrufe bei Silas Klassenkameraden, Freunden und Bekannten der Familie blieben ohne Erfolg. So meldete Theo seinen Sohn am nächsten Morgen schweren Herzens als vermisst.

„Machen Sie sich keine allzu großen Sorgen, die meisten Ausreißer kehren nach einigen Tagen von selbst zurück", versuchte der mitfühlende Beamte ihn zu trösten. Aber leider erwies sich diese Hoffnung als trügerisch. Helga weinte sich die Augen aus, und Theo selbst machte sich die größten Vorwürfe, weil er meinte, seinen Sohn zu sehr sich selbst überlassen zu haben. So verging Woche um Woche, aber von Silas und Benji kam leider kein Lebenszeichen. Dann wurde es Herbst und schließlich Advent. In diesem Jahr hatte Helga absolut keine Lust das Haus weihnachtlich herzurichten. „Wie es Silas wohl geht? Und ob Benji noch bei ihm ist?", das fragte sie Theo immer wieder.

„Ihr dürft die Hoffnung nicht aufgeben",

beschwor Helga´s Freundin Christiane die beiden. Sie hatte damals für Silas die Patenschaft übernommen und litt sehr mit den verlassenen Eltern. Als Silas klein war, hatten die zwei ein sehr enges Verhältnis zueinander gehabt, aber seitdem er mit seiner Krankheit kämpfte, hatte er sich auch von ihr weitestgehend zurückgezogen. Einige Tage vor dem Heiligen Abend brachte Theo, trotz der Proteste von Helga, eine kleine Tanne mit nach Hause. Dann holte er den Christbaumständer und auch den Kasten mit dem Weihnachtsschmuck aus dem Keller und stellte den Baum auf. Als Helga den geschmückten Baum sah, brach sie in Tränen aus. Theo nahm sie in die Arme und sagte: „Falls Silas auftaucht, dann soll er sehen, dass er willkommen ist." Er überredete seine Frau auch, mit ihm in den Familiengottesdienst zu gehen, genauso wie sie es bis dahin Jahr für Jahr getan hatten – allerdings nie ohne Silas. Die weihnachtliche Botschaft berührte ihn in diesem Jahr ganz besonders. Wenn doch nur auch für ihn und Helga ein Wunder geschehen könnte, so hoffte er inbrünstig.

Dann brauste die Orgel auf, das Schlusslied wurde gesungen, und alle Kirchenbesucher strebten eilig dem Ausgang zu. Auch Theo und Helga erhoben sich von ihren Plätzen, um die Kirche zu verlassen. Als sie zuhause ankamen, erwartete sie eine Überraschung, denn im Haus brannte Licht.

„Hast Du vergessen das Licht zu löschen?", fragte Helga ihren Mann.

„Nein, das glaube ich nicht", erwiderte Theo und zog seinen Hausschlüssel hervor. Im gleichen Moment öffnete sich die Eingangstür und Benji stürzte aufgeregt bellend heraus, um zunächst Helga und dann auch Theo stürmisch zu begrüßen. Silas stand sichtlich verlegen im Flur.

„Junge, wie schön, dass Du nach Hause gekommen bist", rief Theo, während Helga ihrem Sohn um den Hals fiel. Ihr liefen die Tränen übers Gesicht. Sagen konnte sie in diesem Augenblick nichts, aber das war auch nicht nötig. Silas und Benji waren wieder da – alles andere würde sich finden.

Urlaub statt Weihnachten?

Schon zu Beginn dieses Jahres hatten Sina und Rouven beschlossen, jetzt das nächste Weihnachtsfest ganz anders als gewohnt zu verbringen, bzw. es ausfallen zu lassen. Statt anderer Geschenke wollten sie sich eine Traumreise gönnen und hatten eine Tour nach Südafrika gebucht. Aber dann hatte es sich kurzfristig ergeben, dass der ursprüngliche Abflugtermin einige Tage vorverlegt werden musste, weil sich für die Reise über die Feiertage nicht genügend Teilnehmer gefunden hatten. Das Reisebüro hatte ihnen angeboten entweder von der Reise zurückzutreten oder diese Änderung zu akzeptieren. Daher würden sie am Heiligen Abend doch daheim sein. So war das zwar nicht geplant, aber beide wollten auf keinen Fall auf die Reise verzichten, auf die sie sich schon so lange gefreut hatten.

„Ich bin so gar nicht in weihnachtlicher Stimmung", murmelte Sina, als sie zuhause aus dem Taxi stieg. Unterwegs hatten sie in vielen Vorgärten schon viele geschmückte und festlich beleuchtete Weihnachtsbäume gesehen.

„Ich auch nicht", gab Rouven zurück. „Lass uns erst mal ausschlafen, dann sehen wir weiter."

Am nächsten Tag saßen sie beim Frühstück und sprachen über die wunderbaren, erlebnisreichen Tage auf dem schwarzen Kontinent. Der hatte tiefen Eindruck auf sie gemacht. Kapstadt war eine interessante Stadt; das Umland hatten sie ausgiebig erkundet, ganz viele Sehenswürdigkeiten angeschaut und eine Fotosafari mitgemacht. Während ihres Aufenthaltes waren ihnen etliche interessante, freundliche und sehr gastfreundliche Menschen begegnet.

„Der Kühlschrank ist fast leer, wir müssen unbedingt einkaufen", forderte Sina nach dem Mittagessen.

„Stimmt, und vielleicht hast Du Lust, auf dem Rückweg einen Glühwein auf dem Weihnachtsmarkt zu trinken", bot Rouven ihr an.

„Wir wollten Weihnachten doch ausfallen lassen."

„Ja natürlich, aber trotzdem können wir doch über den Weihnachtsmarkt bummeln", meinte Rouven.

Zuerst fuhren sie zum Supermarkt. Sina´s Einkaufswagen wurde immer voller, sodass Rouven sich grinsend bei ihr erkundigte, ob sie womöglich nach den Feiertagen mit einer weltweiten Lebensmittelverknappung rechnete. Sie lachte und erwiderte: „Das nicht, aber ich möchte auf jeden Fall genug zu essen im Haus haben!"

Nachdem sie alle Einkäufe im Kofferraum verstaut hatten, machten sie sich auf den Heimweg. Unterwegs hatten sie allerdings beschlossen ihren Bummel über den Weihnachtsmarkt lieber auf den späten Nachmittag zu verschieben, denn sobald es dunkel wurde, war die Stimmung dort sicher anheimelnder.

„Vielleicht sollten wir uns wenigstens ein weihnachtliches Gesteck kaufen", überlegte Rouven.

Erstaunt sah Sina ihn an. Ursprünglich war der Vorschlag Weihnachten ausfallen zu lassen von ihm gekommen, aber sie nickte. Sie fand es schon ein wenig befremdlich das Weihnachtsfest in einer so gänzlich ungeschmückten Wohnung zu verbringen, aber all ihre Dekosachen aus dem Keller zu holen, das lohnte ja nicht mehr. Am frühen Nachmittag fiel Rouven plötzlich ein, dass er unbedingt noch einmal fort musste, um „eine kleine Besorgung zu machen", wie er sich ausdrückte. Ob er jetzt womöglich, entgegen ihrer Abmachung, doch noch ein Geschenk für sie kaufen wollte? Sina überlegte. Ende Januar hatte Rouven Geburtstag, und sie hatte bereits einiges für ihn gekauft. Falls er tatsächlich ein Präsent für sie haben würde, konnte sie darauf zurückgreifen. Sie beschloss ihm keine Fragen zu stellen, wenn er nach Hause kam. Nach seiner Rückkehr brachen sie zu Fuß auf, um den Weihnachtsmarkt zu besuchen. Inzwischen war es bitterkalt geworden und hatte sogar ein wenig geschneit. Überall schallten ihnen Weihnachtslieder entgegen. Es duftete wunderbar nach Punsch und Schmalzgebäck, und viele Leute trugen große Taschen, aus denen bunt verpackte Geschenke hervor lugten.

„Ich glaube, ich möchte gern zuerst einen Dampfriemen essen", wünschte sich Rouven.

Offenbar war er, zumindest kulinarisch, wieder in der Heimat angekommen. Nachdem sie beide eine Bratwurst verspeist hatten, gingen sie gleich weiter zum Glühweinstand, der von vielen Menschen umlagert war. Rouven schaffte es trotzdem recht schnell, ihnen zwei Becher zu besorgen.

„Hm, der ist gut!", stellte er fest.

„So etwas kriegst Du in Afrika nicht", antwortete Sina.

„Da hast Du recht", stimmte er ihr lachend zu.

Nachdem sie sich ein zweites Heißgetränk gegönnt hatten, beschlossen sie nach Hause zu gehen.

„Jetzt haben wir ganz vergessen nach einem Gesteck zu schauen", fiel Sina ein. „Aber schau mal, dort gibt es Weihnachtsbäume. Die Lichterkette und die Kugeln könnte ich ja schnell aus dem Keller holen. Was meinst Du?"

Rouven sah sie erstaunt an, aber dann fügte er sich.

„Klar, es war zwar anders geplant, aber wenn wir jetzt doch zuhause sind, können wir ja wenigstens einen Weihnachtsbaum aufstellen."

Sie traten näher und schauten, welche Bäume der Händler im Angebot hatte. Die Auswahl war recht kläglich. Gerade einmal fünf Bäume standen noch am Zaun, von denen drei von vorn herein nicht infrage kamen, weil sie viel zu groß waren. Aber das spielte keine Rolle, denn Sina steuerte ohnehin schon zielbewusst auf ein kleines, noch dazu ein wenig verkrüppeltes Bäumchen zu. Das ist typisch für Sina, dachte Rouven belustigt. Gerade für Dinge, die nicht alle Leute ansprechend fanden hatte sie ein besonderes Faible.

„Den hier möchte ich!", sagte sie bestimmt.

Der Händler nickte erfreut.

„Gern, den gebe ich Ihnen sogar zum Sonderpreis. Ich bin froh, wenn ich meine Tannen heute noch loswerde. Ich möchte morgen nicht wieder hierher kommen, das lohnt sich nicht."

Zuhause angekommen suchte Sina gleich den Karton mit der Lichterkette, den Kugeln und den Weihnachtsbaumständer hervor, damit Rouven den Tannenbaum aufstellen konnte. Am nächsten Tag war Heiligabend. Das kleine Tännchen strahlte im Lichterglanz, und am Nachmittag holte Sina das alte Waffeleisen aus dem Schrank. Die Schokowaffeln mit geraspelter Ananas schmeckten köstlich, fand Rouven. Dann sah er auf seine Armbanduhr.

„Entschuldigst Du mich bitte für einen Moment?" fragte er.

Sina schaute ihn irritiert an. „Wieso? Wo willst Du denn hin?", fragte sie.

„Bin sofort wieder da", beruhigte ihr Freund sie, und schon fiel die Wohnungstür hinter ihm zu. Nur ein paar Minuten später hörte Sina, wie er zurück kam. Als Rouven erneut das Zimmer betrat, hielt er in seinem Arm eine kleine, pechschwarze Katze.

Er sprudelte hervor: „Deshalb musste ich gestern noch mal fort. Wir wollten uns doch nach dem Urlaub ohnehin eine Katze anschaffen. Ich wusste, dass die Nachbarn meiner Eltern kleine Kätzchen haben, die sie abgeben wollen. Ihre Katze sollte kastriert werden, aber dafür war es zu spät, sie war schon schwanger. Ich habe den kleinen Kerl hier gestern von dort abgeholt und Frau Kleber von nebenan gebeten, ihm bis heute Asyl zu gewähren. Du weißt doch, sie hatte eine uralte Katze, die erst vor ein paar Wochen über die Regenbogenbrücke gegangen ist. Sie trauert immer noch um sie und möchte so schnell kein neues Tier. Die Feiertage über leiht sie uns jetzt ihre Katzentoilette und etwas Futter hatte sie auch noch. Sie ist total begeistert von dem kleinen Kater und überlegt jetzt, ob sie doch ein kleines Kätzchen aus dem Wurf nimmt. Freust Du Dich?"

Statt einer Antwort fiel Sina ihm sofort freudestrahlend um den Hals.

„Erst war ich ein bisschen enttäuscht, dass wir Weihnachten doch hier sein würden, aber jetzt glaube ich, das sollte so sein. Hast Du denn schon einen Namen für ihn ausgesucht?", fragte sie.

„Nein, das wollte ich lieber Dir überlassen", antwortete Rouven.

Sina überlegte einen Moment. Dann sagte sie: „Was hältst Du von Kito? So hieß doch unser Reiseleiter."

„Das ist eine gute Idee", fand Rouven.

„Willkommen Kito, ich wünsche Dir und

uns fröhliche Weihnachten!"

Der verlassene Engel

„Nein, schön bist Du wirklich nicht, aber ich nehme Dich trotzdem mit", beschloss Frau Wachsmuth, als sie den achtlos am Straßenrand abgestellten Weihnachtsengel sah. Er war recht groß, hatte dunkle, kurze Locken, trug ein blaues Kleidchen und hielt einen Kerzenhalter in seinen Händen. Der Engel hielt die Augen geschlossen und das Mündchen geöffnet, und es sah aus, als würde er singen. An einigen Stellen war die Figur schon ein wenig angeschlagen, vielleicht hatte man den Engel deshalb an die Straße gestellt. Er stand dort schon mehrere Tage, aber keiner hatte sich erbarmt und ihn aufgelesen. Übermorgen war Heiligabend, da sollte niemand allein sein, fand Frau Wachsmuth. Und ein Engel schon gar nicht. Also hielt sie an, griff sich den Engel und lud ihn in den Kofferraum ihres kleinen Autos. Wie gut, dass sie noch mobil war, denn ohne ihr heißgeliebtes Auto hätte sie sich noch schlechter gefühlt. Sie lebte seit einigen Monaten allein in ihrem Haus, denn die Pflege ihres Mannes

Albert war ihr einfach über den Kopf gewachsen. Kurz nachdem sie ihn schweren Herzens in einem Pflegheim untergebracht hatte, war er verstorben. Dies war das erste Weihnachtsfest ohne ihn, und sie hatte sich schon wochenlang davor gefürchtet. Aber nun war ihr zum Trost ein Engel geschenkt worden, so empfand sie es. Zuhause unterzog sie den Engel erst einmal einer gründlichen Reinigung. Jetzt fehlte nur noch eine Kerze. Sie stöberte eine Weile in ihrem Wohnzimmerschrank und fand schließlich eine in der passenden Größe. Anschließend stellte sie den Engel neben ihren kleinen geschmückten Tannenbaum. Auf einen Weihnachtsbaum wollte sie auch in diesem Jahr nicht verzichten, allerdings hatten Albert und sie schon seit Jahren keine echten Kerzen mehr am Baum angezündet, sonder stattdessen lieber eine elektrische Lichterkette gekauft. Darauf hatte ihr Mann aus Sicherheitsgründen bestanden. Als es zu dämmern begann, kochte sie sich eine Tasse Tee, nahm ein paar Kekse aus der Dose und zündete die Kerze an, die der Engel trug. Nichts war gemütlicher als warmes Kerzenlicht, fand Frau Wachsmuth. Sie hatte sogar fast den Eindruck, als ob der Engel ihr zuzwinkerte, um sich auf diese Weise für seine Rettung bei ihr zu bedanken. Bei dieser Überlegung schalt sie sich eine sentimentale alte Närrin, aber sie konnte nicht verhindern, dass ihr wieder einmal Tränen in die Augen stiegen. Plötzlich fühlte sie sich doch sehr allein. Vielleicht hätten wir doch Kinder haben sollen, überlegte sie. Aber auch das wäre sicher kein Garant dafür gewesen, dass man zu Weihnachten nicht allein war. Ihre Nachbarin hatte drei erwachsene Kinder, mit denen sie sich durchaus gut verstand, aber keines von ihnen wohnte in der Nähe, daher beschränkte sich der Kontakt hauptsächlich auf Telefonate. Und soweit sie wusste, war es bisher keinem der Kinder jemals eingefallen, ihre alte Mutter zum Weihnachtsfest zu sich einzuladen. Albert wäre es bestimmt nicht recht gewesen, dass sie hier saß und in Traurigkeit versank, er war bis zum Schluss immer ein sehr lebensbejahender Mensch. Daher wollte sie, auch wenn sie sich einsam fühlte, das Fest begehen wie sonst auch. In der Nacht zum Heiligen Abend hatte es tüchtig geschneit, und als Frau Wachsmuth am Morgen aus dem Fenster sah, fand sie die glitzernde, weiße Pracht wunderschön. Sie erledigte die letzten Einkäufe und bereitete sich für den Nachmittag vor, um wie früher den Familiengottesdienst zu besuchen. Wie erwartet, war die Kirche recht voll, aber sie war dennoch froh hergekommen zu sein. Sie schaute in die vielen erwartungsfrohen Kindergesichter, freute sich an dem Krippenspiel und spürte, wie die festliche Stimmung langsam auch ihr Herz erreichte. Nachdem das letzte Lied verklungen war, wollte sie noch auf den Friedhof, um ihren Mann zu besuchen, bevor sie heimging. Dort traf sie völlig unerwartet einen alten Schulfreund. Er stand vor einem frischen Grab in der Nähe der Ruhestätte ihres Mannes und schien ganz in Gedanken versunken zu sein. Frau Wachsmuth überlegte einen Moment, ob sie ihn ansprechen sollte, aber dann gab sie sich einen Ruck, ging zu ihm und fragte behutsam: „Werner?"

Erschrocken fuhr er herum, sah sie an und antwortete: „Edith! Ich wusste gar nicht, dass Du auch wieder hier lebst."

„Doch, schon seit Jahren, aber mein Mann ist im September verstorben", antwortete sie leise.

„Ich habe meine Frau vor vier Wochen verloren. Wir hatten gehofft, dass uns noch ein letztes gemeinsames Weihnachtsfest vergönnt gewesen wäre, aber wie Du siehst, ist es leider anders gekommen."

Beide schwiegen einen Augenblick lang. Schließlich fasste Frau Wachsmuth sich als Erste.

Sie fragte: „Hast Du Kinder zu denen Du gehen kannst?"

„Unser Sohn lebt mit seiner Familie in Köln, und wenn ich ehrlich bin, fürchte ich mich ein wenig davor in die leere Wohnung zurückzukehren", bekannte er.

„Ich bin auch allein. Möchtest Du vielleicht mitkommen und den Abend mit mir zusammen verbringen?"

„Störe ich Dich auch nicht?"

„Aber nein, im Gegenteil. Ich würde mich freuen, wenn ich das erste Weihnachtsfest ohne Albert nicht ganz allein verbringen müsste", versicherte sie ihm.

„Dann komme ich gern mit", antwortete Werner.

Als die beiden später in dem gemütlichen Wohnzimmer saßen, fiel sein Blick auf den alten Engel, den Frau Wachsmuth vom Straßenrand mitgenommen hatte.

„Meine Frau hat Engel über alles geliebt, sie hatte eine ganze Sammlung", erzählte er. „In diesem Jahr habe ich sie nicht aus dem Keller geholt; vielleicht hätte ich es doch tun sollen. Wenigstens ihren Lieblingsengel stelle ich noch auf."

„Tu das auf jeden Fall, sie hätte sich bestimmt darüber gefreut!", pflichtete Frau Wachsmuth ihm bei. Bei diesen Worten zwinkerte der Engel ihr erneut zu – und dieses Mal war Frau Wachsmuth ganz sicher, das gesehen zu haben.

Eierpunsch und mehr

Weihnachten - welch ein Zauber lag für Arja in diesem Wort. Schon bei dem Gedanken an das Fest hatte sie den Duft von Honigkerzen, gebrannten Mandeln und Keksen in der Nase und sah im Geist einen wunderschön geschmückten Tannenbaum vor sich. Früher hatte sie schon im Sommer damit angefangen sich über Geschenke für ihre Lieben Gedanken zu machen und Mitte November hatte sie damit begonnen die Wohnung Raum für Raum weihnachtlich zu gestalten. Natürlich hatte diese jährliche Aktion immer viel Mühe gemacht und auch Zeit in Anspruch genommen, aber sie hatte es gern getan, weil ein gemütliches Heim ihr viel bedeutete. Aber seit ihrer Trennung von ihrem Mann war alles ganz anders geworden. Beide hatten schnell gemerkt, dass ihre überstürzte Heirat ein Fehler gewesen war Natürlich konnte nicht alles bleiben wie in den Flitterwochen, aber sie beide waren leider einfach zu verschieden. Eigentlich hätte sie schon viel früher gehen sollen, aber sie hatte immer noch gehofft, ihre Probleme meistern zu können. Jetzt hatten sie im Sommer die Scheidung eingereicht – und das in gegenseitigem Einvernehmen. Arja war in eine andere Stadt gezogen und hatte sich eine kleine Wohnung und einen neuen Job gesucht, dennoch tat es ihr weh an vergangene Zeiten zu denken. Vor allem jetzt, in den letzten Tagen vor dem Weihnachtsfest. Vielleicht war es ein Fehler gewesen, ihren Resturlaub ausgerechnet in dieser Zeit zu nehmen. Sie hatte eindeutig zu viel Zeit zum Grübeln. Ich muss unbedingt wieder einen Hund haben, dachte Arja. Sie hatte deshalb auch schon im örtlichen Tierheim angerufen, aber die Auskunft erhalten, dass vor den Feiertagen kein Tier mehr vermittelt werden sollte. Und durch eine Computerumstellung konnte derzeit auch die Webseite des Heimes nicht aufgerufen werden. Als Kind hatte Arja lange Jahre eine Hündin gehabt, an der sie sehr gehangen hatte. Ihr Mann war leider gar kein Tierfreund gewesen und hatte sich vehement gegen die Anschaffung eines Haustieres gewehrt. Um sich abzulenken war sie heute in die Stadt gefahren und hatte die Läden durchstreift. Aber so rechte Freude hatte sie an diesem Bummel nicht gehabt. Bevor sie wieder zum Auto ging, wollte sie sich auf dem Weihnachtsmarkt etwas Gutes gönnen. Die Glühweinbude war regelrecht umlagert. Die meisten Leute schienen in guter Stimmung zu sein, unterhielten sich miteinander und hatten frohe, erwartungsvolle Gesichter. Arja fühlte sich allein ein wenig verloren und überlegte, ob sie doch lieber umkehren sollte. Aber dann überlegte sie es sich anders und bestellte einen Eierpunsch. Das Getränk duftete köstlich, fand sie. Sie zahlte und versuchte sich in dem Gewühl umzudrehen. Im gleichen Moment spürte sie einen Stoß im Rücken. Ein großer Schäferhund war hochgesprungen und hatte sie dabei angerempelt, sodass sich der leckere Eierpunsch zum großen Teil über ihren hellen Wintermantel ergoss. Natürlich wurde der Hund von seinem Herrchen schnell zurückgepfiffen, aber da war das Unglück schon geschehen.

„Domino aus! Was machst Du bloß?"

Er entschuldigte sich verlegen und erzählte ihr, dass der Hund eigentlich seinem Bruder gehöre, der ihn gebeten hatte, auf ihn aufzupassen, weil er geschäftlich einige Wochen in den U.S.A. zu tun hatte, und die Zeit auch für einen anschließenden Urlaub nutzen wollte.

„Es ist mir sehr peinlich, natürlich werde ich für die Reinigungskosten aufkommen", versicherte er ihr. „Domino ist ein junger Hund und leider nicht sehr gut erzogen. Aber ich fürchte, ich bin nicht viel besser. Ich heiße Moritz Kerber. Darf ich sie zu einem neuen Eierpunsch einladen?"

Arja, die im ersten Moment vor Schreck stumm geblieben war, lachte versöhnt und antwortete dann: „Ach, es ist ja nicht viel passiert. Außerdem mag ich Hunde sehr. Ich wohne noch nicht lange hier und möchte demnächst selbst wieder einen Hund. Im neuen Jahr werde ich mich bestimmt darum kümmern."

„Mein Bruder hat Domino auch aus dem Tierheim geholt", erfuhr Arja. „Er ist sehr lebhaft, wie Sie ja selbst gemerkt haben, aber unglaublich anhänglich."

Domino tänzelte während ihres Gespräches unablässig um sie herum und versuchte immer wieder sie anzuspringen.

„Er scheint Sie ja zu mögen", freute sich Moritz. „Wollen sie ihn einen Moment halten, damit ich uns neuen Eierpunsch holen kann?"

„Gern."

Moritz Kerber erwies sich als charmanter Unterhalter. Arja freute sie sich sehr, dass sie ihn und Domino getroffen hatte. Sie würde beide gern näher kennenlernen, wie sie erstaunt feststellte. Moritz seinerseits schien ebenfalls daran interessiert sie wiederzusehen, denn er bat sie um ihre Telefonnummer.

„Vielleicht haben Sie Lust, demnächst mit uns gemeinsam etwas zu unternehmen", schlug er vor.

„Warum nicht", antwortete Arja lächelnd.

Ein warmes Gefühl stieg in ihr auf und endlich fühlte sie ihn wieder – diesen geheimnisvollen Zauber der Weihnacht.

Der Weihnachts-Teddy

In dem Kaufhaus gab es eine große, gut sortierte Spielzeugabteilung. Was konnte man dort nicht alles bestaunen. Spiele, Puzzles, Lego, Bastelsachen, Videos und überhaupt alles was Kinderherzen höher schlagen lassen konnte. Natürlich saßen dort auch Puppen jeglicher Größe und Hautfarbe, mit blonden, schwarzen oder roten Haaren. Zudem gab es jede Menge Kuscheltiere und Teddys. Enya liebte es immer sehr sich dort umzuschauen, und so kurz vor Weihnachten war sie dort kaum loszueisen.

„Du Mama, ich möchte so gern einen Teddybären. Da hinten liegt einer, der sieht aus, als ob er schläft. Aber seine Augen hat er trotzdem offen. Er ist ein bisschen struppig, aber den möchte ich sooo gern haben! Meinst Du, der Weihnachtsmann kauft auch hier ein?", erkundigte sie aufgeregt.

„Das kann gut sein, denn ich glaube, die Engel in der Himmelswerkstatt brauchen ab und zu sicher Hilfe, sonst würden sie es gar nicht schaffen, die vielen Kinderwünsche zu erfüllen", gab ihre Mama lachend zurück. „Komm Schatz, zeig mir den niedlichen Teddy doch mal."

Enya rannte so schnell los, dass ihre arme Mama kaum hinterher kam.

„Hier ist er", rief sie und zeigte strahlend auf einen Teddy mit dichtem grauem Fell.

„Der gefällt Dir?", vergewisserte ihre Mutter sich zweifelnd.

Sie fand gerade diesen Teddy nicht besonders schön. Aber Enya war Feuer und Flamme, sie wollte diesen einen Teddy und keinen anderen. Klarer Fall, das war Liebe auf den ersten Blick.

„Na gut, wir werden ja sehen was der Weihnachtsmann tun kann", mehr wollte Enya´s Mama nicht dazu sagen. Auf dem Heimweg plapperte ihre kleine Tochter unentwegt von dem Teddy. Wie weich und wie kuschelig sie ihn fand, was für treue Augen er hatte und so ging es in einem fort. Ihrer Mama war schnell klar, dass Enya unglaublich enttäuscht sein würde, sollte sie diesen Teddy nicht bekommen. Daher rief sie zuhause gleich ihren Mann auf seiner

Arbeitsstelle an und bat ihn, auf dem Heimweg vom Büro noch im Kaufhaus vorbeizuschauen, um den so heiß ersehnten Teddy für Enya zu kaufen. Sie beschrieb ihrem Mann den Bären so gut sie konnte und war beruhigt. Kurz vor Weihnachten musste man schnell handeln, wenn man etwas Bestimmtes haben wollte, das wusste sie aus Erfahrung. Als ihr Mann später nach Hause kam, fragte sie ihn erwartungsvoll: „Du hast den Bären sicher im Auto gelassen oder?"

Er blickte sie finster an und antwortete: „Nee, den habe ich nicht bekommen. Es tut mir wirklich leid, aber ich habe die ganze Spielwarenabteilung abgegrast und den schlafenden Bären dort nicht gefunden. Schließlich habe ich dann eine Verkäuferin danach gefragt, aber die war zur Aushilfe dort und wusste gar nicht welches Stofftier ich meinte. Netterweise hat sie eine weitere Kollegin geholt, und dann sind wir alle zusammen die ganze Abteilung noch mal durchgegangen. Sogar im Schaufenster hat die junge Dame nachgesehen, denn da wird momentan ständig umdekoriert. Aber es war nichts zu machen. Wir werden etwas anderes kaufen müssen. Enya freut sich ganz bestimmt auch über ein anderes Kuscheltier."

Ihre Mutter sank enttäuscht in sich zusammen. „Du hättest sehen müssen, wie Enya ihn angeschaut hat, dann wüsstest Du wie sehr sie sich gerade diesen Teddy wünscht! Ich mag mir ihre Enttäuschung gar nicht ausmalen, wirklich nicht. Was machen wir nur?"

Ihr Mann zuckte ratlos die Achseln. Dann meinte er: „Du weißt doch wie er aussieht. Ich kann ja mal versuchen, im Internet danach zu stöbern."

„Oh ja, das ist eine gute Idee", stimmte seine Frau ihm zu.

Dann kam Enya angelaufen, um ihren Papa zu begrüßen, und ihre Eltern wechselten schleunigst das Thema.

„Na, mein Schatz, hattest Du mit Mama einen schönen Tag?", fragte ihr Papa sein Töchterchen liebevoll.

„Ja, wir waren in der Stadt, Papa. Und stell Dir vor....", sprudelte Enya hervor und berichtete ihm von der Begegnung mit dem

Wunschteddy. Hilflos sah ihr Vater sie an und sagte schließlich: „Aber da waren doch sicher noch viele andere schöne Teddys. Außerdem hast Du doch schon einen Bären."

„Ja Anton, den hab ich auch sehr lieb, aber der im Kaufhaus ist ein schlafender Teddy, weißt Du, mit dem kann man bestimmt noch besser kuscheln", versicherte Enya ihm treuherzig. „Ich wünsche mir wirklich nichts anderes vom Weihnachtsmann - nur diesen Teddy!"

Verflixt noch mal, sie meinte es ernst, bitterernst sogar. Das wurde Enya´s Eltern in diesem Moment nur zu klar. Als sie später im Bett lag, beratschlagten sie was zu tun sei.

„Die nette Verkäuferin war wirklich sehr hilfsbereit", erzählte ihr Vater seiner Frau. Sie hat sogar in zwei anderen Filialen angerufen und gefragt ob dieser Teddy dort noch zu haben sei, aber auch ohne Erfolg. Am Schluss hat er mir die Herstellerfirma genannt. Ob wir es da mal versuchen?"

„Ja, schaden kann das bestimmt nicht", antwortete ihre Mutter. „Zu dumm, dass ich auch nicht daran gedacht habe mit dem Smartphone ein Foto zu machen. Sonst könntest Du es doch im Internet mit einer Suchanzeige versuchen."

„Meinst Du nicht, eine Beschreibung würde reichen? So viele schlafende Bären wird es ja wohl nicht geben."

„Mag sein, aber zuerst sollten wir die Herstellerfirma kontaktieren, vielleicht sind unsere Chancen da fündig zu werden am größten", hoffte Enya´s Mama.

Leider erwies sich der Anruf bei der Firma, die diesen Teddybären hergestellt hatte, auch als erfolglos. Sie erfuhren lediglich, dass dieser Bär in einer streng limitierten Jahresedition zu haben war. Eine weitere Auflage sei daher nicht geplant, um die Exklusivität dieser Teddybären nicht zu gefährden. Sieh an, da hatte ihre Tochter unbewusst ein sicheres Gespür für das Besondere bewiesen. Immerhin hatte ihr Papa erreicht, dass man ihm versprach, dass er einen Prospekt zugesandt bekam, mit dessen Hilfe er möglicherweise auf anderen Wegen an einen solchen Bären gelangen konnte. Zwei Tage später kam die ersehnte Post, und das Bild des Teddys wurde von Enya´s Vater eingescannt und im Internet eine Suchanzeige aufgegeben. Inzwischen rückte der Heilige Abend immer näher. Seine Frau war in die nahe gelegene Kreisstadt gefahren, um dort nach dem Wunschbären für ihre Tochter zu fahnden, aber auch sie war leider mit leeren Händen zurückgekehrt. Es war wirklich zum Verrücktwerden, fanden Enya´s Eltern. Schließlich, vier Tage vor dem Fest, meldete sich eine Dame, die ihnen genau diesen Bären anbot, allerdings war der Preis derart überzogen, dass ihr Papa davor zurückschreckte, gleich zuzugreifen und darüber erst mit seiner Frau sprechen wollte. Als er am Abend, nachdem Enya im Bett lag, die entsprechende Seite in seinem Computer noch einmal aufrief, musste er mit Entsetzen feststellen, dass der Bär inzwischen schon nicht mehr zu haben war. „Himmel, warum hast Du nicht gleich zugeschlagen", schalt seine Ehefrau.

„Bei dem Preis ist das ja wohl verständlich. Der Bär war ja im Laden schon teuer genug, und die Verkäuferin wollte mehr als das Doppelte dafür haben", verteidigte sich ihr Mann. „Und, um ehrlich zu sein, sooo schön fand ich ihn gar nicht."

Daraufhin erntete er allerdings nur einen vernichtenden Blick seiner besseren Hälfte.

Natürlich hatte sie für ihre Tochter noch einige andere Geschenke besorgt, aber sie fürchtete, dass Enya sehr enttäuscht und traurig sein würde, wenn der Teddy nicht auch unterm Tannenbaum lag.

Dann kam der Heilige Abend. Schon vor einigen Stunden hatte es sacht zu schneien begonnen, und so war der Garten über Nacht zu einem winterlichen Wunderland geworden. Enya drückte sich vor lauter Begeisterung die Nase an dem großen Fenster im Wohnzimmer platt, während ihre Mutter in der Küche werkelte, denn am späten Nachmittag würden beide Großeltern eintreffen. Ihr Mann war noch einmal in die Stadt gefahren, um in allerletzter Minute noch „etwas zu erledigen", wie er verlegen gesagt hatte. Natürlich, das war typisch für ihn, dachte sie schmunzelnd, denn sie kannte die Abneigung ihres Mannes sich in das vorweihnachtliche Getümmel zu stürzen. Daher überließ er es meistens lieber ihr, sich um die Geschenke für die Familie zu kümmern. Aber dieses Mal kam er tatsächlich überraschend schnell zurück. Freudestrahlend berichtete er ihr, dass er den Teddy in letzter Minute nun doch aufgetrieben hatte.

„Ich habe sämtliche Mitarbeiter, die für unsere Firma im Außendienst arbeiten, darauf angesetzt. Und die Frau eines Kollegen, der einen Bezirk in Hessen betreut, ist tatsächlich fündig geworden. Die beiden wollen nun zum Weihnachtsfest auch seine Schwiegereltern besuchen, und netterweise haben sie einen kleinen Abstecher hierher gemacht, um mir den Teddy mitzubringen. Per Post wäre er nicht mehr pünktlich gekommen. Ich wette, Du hast gedacht, ich müsste noch ein Geschenk für Dich kaufen, stimmt´s?"

Seine Frau fiel ihm erleichtert um den Hals: „Das war eine tolle Idee! Was würden wir nur machen, wenn wir Dich nicht hätten."

„Wie schön, dass Du das einsiehst", grinste ihr Mann verschmitzt.

„Stimmt, jetzt kann eigentlich nicht mehr viel schief gehen", meinte sie.

„Bist Du sicher?", fragte ihr Mann, hob die Nase und schnupperte: „Ich glaube, in der Küche brennt gerade was an..."

Ein Kater auf Abwegen

Manchmal hasste Julia es in ihre leere Wohnung zu kommen, daher hatte sie überlegt sich einen Hund anzuschaffen. Dem stand allerdings entgegen, dass sie das sie ihn tagsüber allein lassen musste, denn ein Tier mit ins Büro zu nehmen, das erlaubte ihr Chef nicht. Ihre diesbezügliche Anfrage hatte er gleich unmissverständlich abgeschmettert.

„Selbst wenn ich es erlauben würde, Sie wissen doch ganz genau, wie häufig Sie Außentermine haben, wie sollte das denn gehen?", hatte er gesagt. Natürlich hatte er recht, das wusste sie, denn in ihrer Eigenschaft als Mitarbeiterin des örtlichen Finanzamtes war sie oft unterwegs um in den Firmen die Buchhaltung zu überprüfen. Deshalb hatte sie sich, nach längerem Überlegen, dazu entschlossen eine Katze bei sich aufzunehmen. In ihrem Urlaub war sie, mit ihrer Freundin Lale zusammen ins Tierheim gefahren, um nach einer Katze Ausschau zu halten. Dort war ihr Emil aufgefallen, ein bildhübscher Karthäuser-

Mix, der schüchtern in einer Ecke sitzen blieb, während einige andere Katzen sofort auf die beiden Besucherinnen zustürmten, um ihre Beine strichen und schnurrten.

„Emil ist ein Fundtier und leider immer noch ein wenig ängstlich, aber wenn er erst einmal Vertrauen zu Ihnen gefasst hat, dann werden Sie bestimmt bestens miteinander klarkommen", hatte ihr die Mitarbeiterin im Tierheim versichert. Sie riet Julia auch, ihn vorsorglich bei Tasso oder einer anderen Organisation die sich um entlaufene Tiere kümmerte, registrieren zu lassen. „Er ist ja gechipt, und falls er Ihnen doch irgendwann einmal entwischen sollte, dann erhalten Sie Plakate und Flyer, die Ihnen die Suche nach ihm erleichtern. Zudem ist die Aufnahme in deren Register kostenlos, daher sollte man das auf jeden Fall nutzen!"

„Aber er soll bei mir nur in der Wohnung bleiben", wandte Julia ein.

„Ja, das weiß ich, aber das heißt leider trotzdem nicht, dass ihn nicht irgendwann doch der Freiheitsdrang übermannt, wenn die Wohnungstür doch versehentlich einmal offen bleiben sollte", hatte die junge Dame geantwortet. Dieses Argument hatte Julia überzeugt, und so hatte sie ihn einige Wochen später auch bei Tasso angemeldet.

Die Frau aus dem Tierheim hatte recht behalten. Emil hatte sich in Julia´s Obhut recht schnell zu einem unglaublich tollen, verschmusten und liebevollen Kerlchen entwickelt. Julia hatte es keine Sekunde bereut ihn zu sich geholt zu haben. Er hatte es zum Glück auch problemlos verkraftet, als sie ihn nach ihrem Urlaub, täglich für etliche Stunden allein lassen musste. Er machte nie Unsinn, freute sich aber sichtlich, wenn sie heimkam. Nur sein Name, den er im Tierheim bekommen hatte, der gefiel ihr ganz und gar nicht.

„Ich finde, Du solltest ihn Romeo nennen!, schlug Lale vor. „Bei Deinem Vornamen bietet sich das doch geradezu an", hatte sie gemeint.

Und nachdem Julia einige Tage darüber nachgedacht hatte, musste sie ihr recht geben. So wurde Emil in Romeo umgetauft, und erstaunlicherweise schien ihm dieser neue Name zu gefallen, denn er hörte sofort darauf als Julia ihn so rief. Als sie zu

Beginn der Adventszeit ihre Wohnung weihnachtlich dekorierte, schnüffelte er zwar interessiert an all den ungewohnten neuen Gegenständen, aber das war auch schon alles. Kurzum, Romeo war der ideale Hausgenosse, und Julia liebte ihn von Tag zu Tag mehr. Zu Weihnachten wollte sie sich ein paar freie Tage gönnen. Sie genoss es außerordentlich mehr Zeit für Romeo zu haben. Einige Tage vor dem Fest klingelte es an der Wohnungstür, und als Julia öffnete stand ein Paketbote draußen, um ihr ein großes Paket zu bringen. Das war sicher das Weihnachtsgeschenk ihrer Eltern, denn die waren ja zum Fest zu ihren Großeltern gefahren, das wusste Julia.

„Das Paket ist ziemlich schwer, soll ich es Ihnen gleich in den Flur stellen?", bot der freundliche Mitarbeiter des Paketdienstes an.

Julia nickte dankbar und öffnete die Tür weit, um ihm Platz zu machen seine Last abzustellen.

„Sie müssen mir bitte den Empfang noch quittieren", bat der junge Mann und zückte einen Stift.

„Vielen Dank, das war sehr freundlich von Ihnen", sagte Julia.

Sie nahm ihre Handtasche von der Garderobe und zückte ihr Portemonnaie, um ihm ein Trinkgeld zu geben. Dann verabschieden sie sich mit gegenseitigen guten Wünschen für das Weihnachtsfest. In diesem Augenblick muss es passiert sein, dachte Julia später, denn als sie nach Romeo rief, kam er nicht sofort angelaufen, wie er es sonst tat. Sie suchte die ganze Wohnung ab, rief unaufhörlich seinen Namen und schüttelte seine Leckerlidose – aber vergebens. Völlig aufgelöst rief Julia bei Lale an. Natürlich war die ebenso erschrocken wie Julia.

„Ich komme sofort, und dann klappern wir die Gegend ab. Wir finden ihn sicher", versuchte sie Julia zu beruhigen.

Wie versprochen, traf Lale wenig später ein. Julia stand schon ausgehfertig im Flur, griff nach ihrem Wohnungsschlüssel und los ging es. Aber ihre Suche blieb erfolglos. Schließlich begann es zu dunkeln, und sie mussten die Suche vorerst aufgeben.

„Vielleicht sitzt er ja sogar schon vor der

Wohnungstür und wartet auf Dich", meinte Lale hoffnungsvoll.

Aber im Grunde ihres Herzens glaubte sie selbst nicht an diese unwahrscheinliche Möglichkeit. Als die beiden Freundinnen wieder zurückkamen, war es leider traurige Gewissheit geworden, Julia´s Romeo war und blieb verschwunden.

„Wenn ihm nur nichts passiert ist", weinte Julia.

„Wir rufen jetzt zuerst mal bei Tasso an", bestimmte Lale energisch, und Julia nickte. Dann holte sie die Unterlagen hervor und reichte sie Lale.

„Kannst Du das bitte für mich tun?", fragte sie.

Wortlos nahm Lale ihr die Papiere aus der Hand und griff zum Telefon. Die Dame am anderen Ende er Leitung nahm gleich alle Angaben auf und versprach noch am selben Tag Flyer und Plakate an Julia abzusenden.

„Durch uns haben schon so viele Tiere ihr Zuhause wieder bekommen, machen Sie sich keine allzu großen Sorgen", sagte sie tröstend.

Mehr konnten die beiden Freundinnen an

diesem Abend nicht tun.

Romeo, der seitdem er bei Julia lebte ein Wohnungskater war, hatte tatsächlich die Gelegenheit genutzt, ins Treppenhaus zu laufen, als der Paketbote gekommen war. Neugierig schaute er sich dort um, und als sich die Haustür kurz öffnete, weil ein anderer Hausbewohner eintrat, flitzte er schnell nach draußen. Das war eine ganz neue Welt für ihn. Dunkel erinnerte er sich daran wie es gewesen war, bevor er ins Tierheim kam. Diese Zeit war nicht leicht für ihn gewesen, aber seine absolute Freiheit, die hatte er dennoch genossen. Vorsichtig sah er sich um. Da stand ein großes Auto, dessen Türen standen weit offen. Das erregte seine Neugier, und mit einem Satz sprang er hinein und schnüffelte an den darin aufgestapelten Päckchen. Vielleicht war ja sogar ein offener Karton darunter; wie die meisten Katzen liebte er nichts mehr als Kartons jeder Art und Größe zu untersuchen. Dann schlossen sich die Türen, und das Auto setzte sich in Bewegung. Auch gut, schließlich war es hier drin warm und gemütlich, fand Romeo. Zufrieden suchte er sich hinter einem Paket ein Plätzchen und schlief fest ein. Er bemerkte zunächst nicht einmal, dass sich die Türen noch einige Male öffneten und wieder schlossen. Aber, als das Paket hinter dem er Zuflucht gesucht hatte, entfernt wurde, da entdeckte ihn der Paketbote.

„Oje, was machst Du denn hier?", fragte er verwundert.

Romeo gähnte ihn an. „Du bist sicher irgendwo entwischt", vermutete der junge Mann. „Ich nehme Dich am besten erst mal mit zu mir. Ich habe jetzt Feierabend. Die anderen Pakete müssen bis morgen warten."

Und so geschah es. Er nahm Romeo auf den Arm und nahm ihn mit in seine Wohnung. Bis vor Kurzem hatte er selbst eine Katze gehabt. Sechzehn Jahre war sie geworden, und eines Morgens fand er sie reglos in ihrem Körbchen. Ganz friedlich war sie in der Nacht zuvor eingeschlafen und nicht mehr aufgewacht. Er war sehr traurig und hatte es bisher einfach nicht fertig gebracht, sich eine neue Katze ins Haus zu holen. Falls dieses Tier kein Zuhause hatte, dann würde er es sehr gern bei sich aufnehmen, entschied er. Zum Glück fanden sich in seinem großen Küchenschrank sogar noch einige Dosen mit Katzenfutter, und so konnte er seinen Gast gleich versorgen. Romeo war inzwischen so hungrig, dass er sofort alles verschlang was ihm angeboten wurde. Dann sprang er in einen Sessel, rollte sich zufrieden zusammen und schlief erschöpft ein.

Am nächsten Tag erhielt Julia per Post mehrere Plakate und Flyer, die sie mit Lale´s Hilfe verteilte. Sie war froh, auf diese Weise etwas tun zu können. Morgen war Heiligabend, und wie sollte sie den ohne ihren heißgeliebten Romeo nur überstehen? Lale wollte zu ihren Eltern fahren, denn ihr Bruder und dessen Familie wurden zum Weihnachtsfest ebenfalls dort erwartet.

„Aber ich kann auch absagen und bei Dir bleiben", bot sie Julia großherzig an. Aber das wollte Julia nicht, denn sie wusste, Lale sah ihre Eltern und ihren Bruder ohnehin nur selten.

Matteo, so hieß der Paketbote, hatte seinen Schützling morgens noch einmal mit Futter und frischem Wasser versorgt, bevor er sich auf den Weg machte, um seinen Dienst anzutreten. Auch heute, am Heiligen Abend hatte er jede Menge Pakete und Päckchen auszuliefern. Er war sehr froh, dass sein Aushilfsjob bei dem Paketdienstleister danach beendet sein würde. Er nahm sich vor, sofort nach den Feiertagen mit dem Kater zu einem Tierarzt gehen, um feststellen zu lassen ob er womöglich irgendwie gekennzeichnet war, denn vorher würde er es wohl kaum schaffen. Aber auf die lange Bank schieben konnte er diese Pflicht keinesfalls, denn wenn der Kater von irgendjemandem vermisst wurde, dann wäre es grausam, die Nachforschungen nach seinem Zuhause noch länger hinauszuzögern. Außerdem würde ihm der Abschied von seinem pelzigen Gast nicht leichter fallen, je länger er ihn bei sich behielt. Bei seiner Tour kam er wieder in die Gegend in der Julia wohnte. Schon unterwegs fiel ihm auf, dass in diesem Stadtteil an sehr vielen Bäumen Plakate aufgehängt worden waren. Als er ausstieg, um in einem der großen Miethäuser ein Päckchen abzuliefern, trat er ein paar Schritte zur Seite, um sich eines dieser Plakate genauer anzuschauen. Das Herz wurde ihm schwer, denn er erkannte auf dem Foto seinen Findling. Romeo, so hieß der Kleine also, und er wurde von seiner Katzenmama offenbar sehr dringlich gesucht, denn auf dem Zettel war ein zusätzlicher handschriftlicher Vermerk, der jeden eine Belohnung versprach, der ihr Romeo zurückbringen würde. Matteo riss den Zettel ab, um ihn mitzunehmen. Natürlich musste er erst alle Päckchen ausliefern, aber dann würde er sich sofort bei dieser Frau melden. Wie im Flug vergingen die Stunden, und Matteo war heilfroh, als er endlich auch das letzte Paket losgeworden war. Dann fuhr er mit dem Lieferwagen zur Zentrale zurück und gab den Schlüssel ab. Nach Hause konnte er mit der Straßenbahn fahren. Fast hätte er seine Haltestelle verpasst, denn er war unterwegs vor Übermüdung eingeschlafen. Aber als er zuhause war, griff er sofort in seine

Jackentasche und holte den Zettel mit der Suchmeldung hervor, um die angegebene Telefonnummer zu wählen. Schon nach dem zweiten Läuten drang eine helle Stimme an sein Ohr.

„Hallo, hier ist Julia Neithardt."

„Guten Tag Frau Neithardt, Sie vermissen Ihren Kater Romeo, ist das richtig?", vergewisserte sich Matteo.

„Ja, haben Sie meinen Romeo gesehen?", rief sie aufgeregt.

„Ich habe in meinem Paketwagen einen Kater gefunden, und ich denke, er ist es", antwortete Matteo.

„Wann und wo kann ich ihn abholen?"

Daraufhin gab Matteo ihr seine Anschrift.

„Ich komme sofort!", rief Julia glücklich.

Sie riss ihren Mantel vom Haken, griff nach den Autoschlüsseln, schnappte sich Romeo´s Katzenbox und rannte aus dem Haus. Etwa eine halbe Stunde später langte sie bei der angegebenen Adresse an, parkte ihr kleines Auto, suchte die Klingel mit seinem Namen und klingelte Sturm. Matteo, der gerade unter der Dusche gestanden hatte, kam mit verstrubbelten Haaren an die Wohnungstür.

„Wo ist er?", fragte Julia. „Verzeihen Sie, ich bin sonst nicht so unhöflich, aber ich habe Romeo so vermisst", entschuldigte sie sich bei Matteo. „Ich bin Ihnen wirklich sehr dankbar, dass Sie angerufen haben."

Beim Klang der vertrauten Stimme war Romeo wach geworden. Seine Katzenmama hatte ihn also gefunden – gut so! Ihm gefiel es bei Matteo durchaus, dennoch hatte er Julia vermisst. Er stand auf, reckte und streckte sich und lief in den Flur, wo Matteo gerade dabei war, Julia aus dem Mantel zu helfen. Er hatte ihr eine Tasse Kaffee angeboten, und sie hatte dankend angenommen. Als sie Romeo sah, strahlte sie.

„Du Ausreißer, das darfst Du mir nie wieder antun!", schalt sie zärtlich, nahm ihn auf den Arm und Romeo schnurrte zufrieden.

„Schade, ich fing gerade an, mich an seine Gesellschaft zu gewöhnen", sagte Matteo bedauernd.

„Das kann ich mir gut vorstellen", meinte Julia. „Sie können ihn gern gelegentlich besuchen", bot sie ihm spontan an.

Matteo lachte, und damit war das Eis zwischen ihnen endgültig gebrochen. Wenig später sah Romeo zu, wie die beiden im Wohnzimmer saßen und sich lebhaft miteinander unterhielten. Offenbar hatten sie sich einiges zu erzählen, wie er beglückt feststellte. Und als er schließlich von Julia in seine Transportbox verfrachtet wurde, um wieder nach Hause gebracht zu werden, hörte er wie sie zu Matteo sagte: „Also dann bis morgen, Ich freue mich!"

Versöhnung unterm Tannenbaum

In der letzten Zeit hatten Liane und Sven sich immer öfter gestritten. Sie hielt ihm ständig vor, dass er, als selbstständiger Werbegrafiker, zu viel arbeitete und im Gegenzug fand er, dass sie ihre Zeit viel lieber mit völlig unwichtigen Dingen verschwendete, statt sich um ihre eigene Karriere zu kümmern. Vor einigen Wochen war ihr Streit eskaliert und Liane hatte ihn kurzerhand aus der Wohnung geworfen. Seither übernachtete er in seinem Studio. Natürlich war das keine Dauerlösung. Gleich im neuen Jahr wollte er sich eine eigene Wohnung suchen, denn jetzt, so kurz vor Weihnachten, war das ohnehin kein geeigneter Zeitpunkt. Im Grunde tat beiden ihr Zerwürfnis inzwischen leid, aber so schnell war keiner von ihnen mehr bereit seinen Stolz herunterzuschlucken und einzulenken.

An diesem Nachmittag war Liane in der Stadt gefahren, um die letzten Geschenke für ihre Familie zu kaufen. Den exklusiven blauen Kaschmirpullover, den sie schon vor längerer Zeit für Sven gekauft hatte, weil er genau zur Farbe seiner Augen passte, verbannte sie vorerst in die hinterste Ecke des Kleiderschrankes. Warum war er bloß so stur? Seufzend setzte sie Wasser auf, um sich einen Tee zu kochen. Die rechte Weihnachtsstimmung wollte sich bei ihr nicht einstellen, daher legte sie eine Platte mit Weihnachtsliedern auf. Nachdem sie sich mit Tee und ein paar Keksen gestärkt hatte, begann sie damit die Geschenke zu verpacken. Schließlich war ja morgen Heiligabend. So wie es aussah, würde sie ihn allein verbringen, denn ihre Familie erwartete sie und Sven erst am zweiten Feiertag. Noch wussten ihre Schwester und ihre Eltern nichts von der Trennung. Es würde unangenehm genug werden, ihnen das zu sagen, denn alle mochten Sven. Ob sie für sich allein überhaupt einen Tannenbaum kaufen sollte? Mit Sven zusammen hatte es ihr immer sehr viel Freude gemacht, den Weihnachtsbaum zu schmücken. Wieder stiegen ihr Tränen in die Augen, die sie ärgerlich fortwischte. Sven war Geschichte, basta.

Währenddessen saß der in seinem Büro und suchte fieberhaft nach einem guten Einfall für ein Werbeprodukt, mit dem er absolut nichts anfangen konnte. Sonst hatte er in solchen Fällen Liane um Rat gefragt, denn mit Artikeln wie Babypuder hatte er nicht viel im Sinn. Schade eigentlich dachte er, denn ursprünglich hatte er Liane an diesem Weihnachtsfest einen Heiratsantrag machen wollen. Sie lebten nun schon fast drei Jahre zusammen, da war es an der Zeit Nägel mit Köpfen zu machen, fand Sven. Außerdem wünschte er sich eine Familie. Aber wollte er sein Leben wirklich mit einer Frau verbringen, die so wenig Verständnis dafür hatte, dass er, nicht zuletzt auch ihretwegen, viel arbeitete? Wenn er an einem ganz bestimmten Punkt angelangt war, dann hatte grübeln keinen Sinn, das wusste er aus Erfahrung. Daher nahm er seine Lederjacke vom Haken, griff schnell nach seinem Schlüsselbund und verließ das Studio. Bei einer Runde über den Weihnachtsmarkt konnte er sich eventuell entspannen und möglicherweise kam ihm dabei sogar noch ein guter Einfall. Schließlich rückte der

Abgabetermin für seinen letzten Auftrag immer näher. Als er die Straße betrat, bemerkte Sven, dass es zu schneien begonnen hatte. Wie schön, dachte er. Liane mochte Schnee und würde sich gewiss über weiße Weihnachten freuen, schoss es ihm durch den Kopf. Aber den Gedanken schob er schnell beiseite. Sie hatte ihm schließlich den Stuhl vor die Tür gesetzt. Nein, er wollte ihr nicht nachtrauern. Andere Mütter hatten schließlich auch attraktive Töchter. Das hatte sein Vater früher gesagt, wenn Sven Liebeskummer gehabt hatte, und das stimmte. Er würde die Feiertage in seinem Studio verbringen und die Zeit einfach nur zum Arbeiten nutzen. Unentschlossen schlenderte er zwischen den Buden hin und her. Als er Appetit verspürte, gönnte er sich eine Bratwurst. Während er die aß, fiel ihm eine Frau mit rotem Haarschopf auf. Liane? Unwillkürlich machte er ein paar Schritte, um sich zu vergewissern, aber dann drehte die Unbekannte sich um und er sah, dass es nicht Liane war. Was hätte er getan, wenn sie es gewesen wäre? So leicht ließ sie sich offenbar doch nicht aus seinen Gedanken vertreiben. Damit musste er sich abfinden. Nachdem er gegessen hatte, schaute er sich die restlichen Buden an. Es gab einiges zu sehen. Im Gegensatz zu anderen Märkten in der Region, wo überwiegend Kulinarisches angeboten wurde, war der Weihnachtsmarkt seiner Heimatstadt recht bekannt für seine enorme Vielfalt auch an kunstgewerblichen Geschenken. So gab es einige Buden, in denen Holzspielzeug, auch für Erwachsene, verkauft wurde, mehrere Stände mit edlen Seidentüchern, handgezogenen Kerzen, Keramik natürlich und viel Schmuck. Eine ältere Dame bot ihre Wolle und gestrickte Socken feil. Zudem hingen Pullover mit komplizierten Mustern an der Rückwand ihres Standes. Daneben hatte sich ein alternativ wirkender Holzkünstler mit langem Haarzopf etabliert. Seiner uralten Jeans und dem dicken Wollpulli hätte eine Wäsche bestimmt gutgetan, fand Sven. Aber die Arbeiten des Mannes faszinierten ihn. Sein Blick blieb wie gefesselt an einer der zauberhaften geschnitzten filigranen Engelsskulpturen hängen.

„Die ist einfach wunderschön", sagte er

bewundernd.

Der junge Mann lächelte und fühlte sich offenbar geschmeichelt.

„Ich habe ihr das Gesicht meiner Freundin gegeben", sagte er.

„Ach wirklich?"

„Ja, aber wir sind nicht mehr zusammen", erklärte er wehmütig.

Sven nickte verstehend. Dann fragte er: „Was soll das gute Stück denn kosten?"

Der Verkäufer überlegte einen Moment, bevor er einen relativ hohen Preis nannte. Offenbar fiel es ihm doch schwer sich von diesem Engel zu trennen, vermutete Sven.

„Wollen Sie ihn überhaupt verkaufen?", erkundigte er sich.

„Ungern, aber es ist besser so", lautete die pragmatische Antwort.

Schnell zückte Sven sein Portemonnaie, zog den geforderten Schein heraus und zahlte, bevor der junge Mann es sich anders überlegen konnte. Diese Figur war wirklich etwas ganz Besonderes, fand er und ging weiter.

An einer anderen Ecke des Marktes wurden Weihnachtsbäume verkauft. Die Auswahl war inzwischen recht mäßig, wie Sven im Vorübergehen, registrierte. Die schönsten Tannen waren alle schon fort, aber das musste ihn ja nicht interessieren. Was sollte er mit einer Tanne? Für ihn würden die Feiertage in diesem Jahr ohnehin ausfallen. Zufrieden machte er sich auf den Heimweg. Zuhause stellte er den Engel auf seinen Schreibtisch und freute sich darüber ihn mitgenommen zu haben.

Liane erwachte am Morgen des Heiligen Abend mit ausgesprochen schlechter Laune. Am liebsten hätte sie sich die Bettdecke über den Kopf gezogen und wäre gar nicht aufgestanden. Am Ende raffte sie sich doch auf und nach einem ausgiebigen Frühstück beschloss sie einen Spaziergang zu machen. Die frische Luft würde ihr sicher guttun. Sie wunderte sich, wie viele Menschen am Heiligabend in der Stadt waren. Vor allem Männer schienen unterwegs zu sein, um noch in letzter Minute für ihre Liebste daheim ein Geschenk zu besorgen. Nach dem Stadtbummel wollte sie kurz über den Weihnachtsmarkt gehen. Sie kaufte einige

Kerzen, erstand ein paar gestrickte Socken und kam schließlich zu dem Stand, wo jetzt nur noch ein einziges trauriges kleines Weihnachtsbäumchen in einer Ecke lehnte. Dieses struppige, etwas schief gewachsene Tännchen rührte ihr Herz. Einer Eingebung folgend betrat sie spontan den Stand und sagte: „Ich nehme ihn mit."

Da vernahm sie eine vertraute Stimme, die von Weitem rief: „Ist das etwa der letzte Baum? Bitte, ich muss ihn haben!"

Sven war in der Zwischenzeit ebenfalls klar geworden, dass er Weihnachten doch nicht komplett ignorieren konnte und wollte. Daher hatte er sich buchstäblich in letzter Minute auf den Weg gemacht, um sich wenigstens einen kleinen Weihnachtsbaum zu kaufen. Erstaunt blickte Liane sich um.

Der Verkäufer grinste und schlug scherzhaft vor: „Das ist der letzte Baum, und ich möchte gern Feierabend machen. Vielleicht feiern Sie beide einfach mal gemeinsam Weihnachten!"

„Das ist eine gute Idee! Was hältst Du davon?" fragte Sven versöhnlich.

Liane schaute ihn verdutzt an.

„Nun komm schon, gib Dir einen Ruck und lass uns noch mal in Ruhe über alles reden", bat er.

Dem Verkäufer war längst klar, um was es hier ging. Er griff sich das Tännchen, drückte es Liane in die Hand und sagte: „Das ist mein Weihnachtsgeschenk – für Sie beide!"

Dann drehte er sich um und begann seine Sachen zusammenzuräumen. Sven nahm der sprachlos schauenden Liane das Bäumchen ab und sagte in versöhnlichem Ton: „Komm, wir gehen nach Hause."

Sie widersprach nicht, das war ein gutes Zeichen, fand Sven. Nachdem sie ein paar Schritte gegangen waren, blieb sie stehen, schaute sie ihn an und fragte: „Willst Du das wirklich?"

„Ja", antwortete er schlicht und einfach.

Er wusste, das war sicher nicht der letzte Streit, den sie ausgefochten hatten, aber Liane und er gehörten einfach zusammen. Und er hatte sogar ein wundervolles Geschenk für sie.

Geheimnisse

Delia liebte die Weihnachtszeit. In diesem Jahr schien alles perfekt zu sein, denn es schneite schon seit einigen Tagen und laut Wetterbericht sollte jetzt das winterliche Schneetreiben noch bis zum Fest anhalten. Die Geschenke für ihren Lebensgefährten Niklas hatte sie längst besorgt, aber seit einigen Tagen wusste sie, dass sie ihm ein ganz besonderes Geschenk machen konnte. Sie uns Niklas lebten schon mehrere Jahre zusammen, allerdings ohne Trauschein. Wenn sich ein Kind anmeldet, dann können wir darüber nachdenken, aber vorher brauchen wir kein offizielles Dokument, um miteinander glücklich zu sein - das war die Devise von Niklas, und Delia hatte das akzeptiert, obwohl sie immer von einer Hochzeit ganz in Weiß geträumt hatte. Niklas war beruflich häufig unterwegs, und nicht zuletzt deshalb sehnte sie sich nach einem Kind. Niklas teilte ihren Wunsch durchaus, aber er konnte auch ohne Kind mit ihr ein ausgefülltes Leben führen. Das hatte er ihr mehrfach versichert, denn er spürte, wie enttäuscht sie jedes Mal war, wenn es wieder nicht geklappt hatte. Um sie zu trösten und auf andere Gedanken zu bringen, hatte er ihr im letzten Jahr zu Weihnachten einen Hund geschenkt.

„Damit Du außer mir noch ein anderes Wesen zum Liebhaben hast, wenn ich nicht da bin", hatte er gesagt.

Er war ohne ihr Wissen zu einer Züchterin gefahren, und hatte eine Bolonkahündin (Bolonka Zwetna ist eine russische Hunderasse, deren Name auf Deutsch Schoßhündchen bedeutet) reservieren lassen. Diese Rasse gefiel Delia, dass wusste er. Außerdem galten diese Hunde als familienfreundlich. Er hatte mit der Frau vereinbart, dass er sich nach dem Fest melden und mit Delia zusammen noch einmal kommen würde. Fünf Welpen hatte sie per Inserat angeboten, von denen drei noch zu haben waren. Niklas hatte die lebhafte kleine Hündin sofort am besten gefallen, aber die endgültige Entscheidung darüber sollte Delia selbst treffen. Sie hatte sich unglaublich gefreut und darauf gedrungen, am Tag nach Weihnachten einen

Besuchstermin zu vereinbaren. Die Welpen waren alle entzückend, aber zwischen Delia und der hübschen kleinen Hundedame war es buchstäblich Liebe auf den ersten Blick. Sobald sie den Raum betreten hatte, war die kleine Hündin auf Delia zugelaufen und in ihre Arme gesprungen. Mit den dunklen Knopfaugen und dem hellbraun gelockten Fell hatte sie ihrer beider Herzen im Sturm erobert. So fuhren sie noch am gleichen Tag zu dritt nach Hause. Delia war selig und nannte das neue Familienmitglied „Baby". Niklas freute sich riesig, dass seine Idee Delia einen Hund zu schenken, so gut ankam. Baby war ein liebenswerter kleiner Kobold. Sie war unglaublich anhänglich und verspielt. Wann immer es ging, hielt sie sich in der Nähe ihrer Menschen auf. Delia war Goldschmiedin und hatte sich im Haus eine kleine Werkstatt eingerichtet, sodass sie von zuhause aus arbeiten konnte. Baby leistete ihr gern Gesellschaft und begrüßte Kunden oder andere Besucher stets freundlich. Mit ihr hatten sie wirklich das große Los gezogen.

In diesem Jahr hatte Niklas lange überlegt, womit er Delia eine Freude machen konnte. Schließlich hatte er sich entschlossen, ihr einen Heiratsantrag zu machen. Sie lebten nun schon so lange zusammen, da war es an der Zeit, fand er. Niklas konnte sich ein Leben ohne Delia schon längst nicht mehr vorstellen, also warum sollten sie nicht heiraten. Früher hatte sie einige Male eine Andeutung in der Richtung gemacht, obwohl sie wusste, dass er nicht viel davon hielt. Irgendwann hatte sie sich damit abgefunden und das Thema nicht mehr berührt. Ihren Kinderwunsch hatte sie allerdings nie aufgegeben, und inzwischen hoffte er ebenso wie sie, dass sich irgendwann Nachwuchs einstellen würde. Aber jetzt wollte er ihren lang gehegten Wunsch nach einer Traumhochzeit erfüllen. Niklas hatte im Internet gestöbert und so einen Hochzeitsplaner gefunden, der ihm verschiedene Vorschläge für den großen Tag gemacht hatte. Diese Mappe hatte er sich ins Büro senden lassen, sie hübsch verpackt und zusätzlich Prospekte für eine romantische Hochzeitsreise besorgt. An den

Feiertagen würden sie genug Zeit haben sich diese Unterlagen in Ruhe anzusehen. Fröhlich pfeifend machte er sich auf den Heimweg. Er war sehr zufrieden mit sich. Den ganzen Tag hatte es unaufhörlich geschneit. Die Häuser trugen längst dicke, weiße Zipfelmützen, und die ganze Welt sah wie verzaubert aus In etlichen Gärten waren Tannenbäume mit Lichterketten geschmückt und hinter vielen Fenstern sah man schon geschmückte Weihnachtsbäume mit brennenden Kerzen leuchten, wie Niklas im Vorbeifahren registrierte. Er freute sich auf einen gemütlichen Abend zuhause. Zwei Tage würde er noch arbeiten, aber zwischen den Feiertagen blieb seine Werbeagentur geschlossen.

Nachdem die Gynäkologin Delia ihren Verdacht schwanger zu sein bestätigt hatte, ging sie wie auf Wolken. Sie war überglücklich. Schon in drei Tagen war Heiligabend, aus diesem Grund hatte sie ihr süßes Geheimnis erst einmal für sich behalten. Sie wollte Niklas gern damit überraschen. Nachdem sie nun Gewissheit hatte, war sie gleich in das Kinderlädchen gegangen, in dem sie neulich diese niedlichen kleinen Lammfellpüschchen gesehen hatte. Sie freute sich schon auf sein Gesicht, wenn er die winzigen Schuhe auspacken würde. Bestimmt würde er schalten und sich mit ihr freuen. Sie fühlte sich bestens, hatte keine Spur von morgendlicher Übelkeit und freute sich auf die Heimkehr von Niklas. Noch bevor Delia sein Auto hörte, rannte Baby zur Haustür und bellte. Wenig später betrat Niklas das Haus.

„Hattest Du einen schönen Tag, Liebling?", fragte er, nachdem er sie mit einem Kuss begrüßt hatte. „Du strahlst ja richtig!", stellte er fest.

Dann beugte er sich zu Baby hinunter, die voll Begeisterung an ihm hoch sprang und um seine Aufmerksamkeit buhlte.

„Ich war heute in der Stadt und habe ein wunderbares Weihnachtsgeschenk für Dich gefunden", antwortete Delia lächelnd.

„Oh, na dann ist ja alles klar."

Endlich war der Heilige Abend gekommen.

Beide konnten ihre Aufregung kaum noch bezähmen. Nachdem sie zunächst einige andere Geschenke ausgepackt hatten, überreichte Niklas Delia ein relativ flaches Paket.

„Das ist mein wichtigstes Geschenk für Dich", sagte er zärtlich.

Delia sah es überrascht an und begann vorsichtig damit, es auszupacken, wobei Niklas ihr gebannt zusah. Als sie das Logo des Hochzeitsplaners erblickte, füllten sich ihre Augen mit Tränen der Rührung.

„Woher wusstest Du, dass ich mir das immer noch wünsche?", fragte sie.

„Das war nicht allzu schwer, auch wenn Du das Thema lange nicht mehr angeschnitten hast. Aber ich denke, wir sollten jetzt endlich Nägel mit Köpfen machen. Was hältst Du davon?" fragte Niklas.

Delia strahlte und fiel ihm um den Hals. Dann flüsterte sie: „Du ahnst gar nicht wie ich mich freue! Ich habe auch ein ganz besonderes Geschenk für Dich."

Mit diesen Worten zog sie ein kleines Päckchen hinter ihrem Rücken hervor und überreichte es ihm. Als Niklas die süßen

Babyschühchen erblickte, begann er laut zu lachen.

„Du freust Dich hoffentlich genauso tüchtig wie ich oder?", forschte Delia, nun doch ein wenig ängstlich.

„Wie kannst Du nur fragen, natürlich freue ich mich riesig! Aber nun sollten wir unsere Hochzeit nicht mehr länger aufschieben. Die nächsten Trauringe solltest Du für uns anfertigen", bat er.

Delia nickte und schmiegte sich in seine Arme. Baby schien ebenfalls zu spüren, dass es ein ganz besonderer Moment war. Sie sprang zu den beiden auf das Sofa und wollte gekrault werden.

„Hoffentlich wird sie nicht eifersüchtig auf das andere Baby", befürchtete Delia.

„Ach was, das glaube ich nicht. Bolonkas sind Familienhunde, das weißt Du doch", beruhigte Niklas sie. „Und beim nächsten Weihnachtsfest sind wir schon eine richtige Bilderbuchfamilie - mit Kind und Hund", setzte er stolz hinzu, und Delia lächelte versonnen.

Ein Weihnachtsgeschenk für Oma

Tom war sehr traurig, denn seine Mama hatte leider Anfang Dezember Bauchweh bekommen und war ins Krankenhaus gebracht worden. Dort hatte man ihr den Blinddarm entfernt. Das war zum Glück nicht allzu schlimm, aber es hatte dabei Komplikationen gegeben, daher musste sie auf jeden Fall bis zu den Feiertagen in der Klinik bleiben, das hatten die Ärzte angekündigt. Da Tom mit seiner Mama allein lebte, wurde er von seiner Oma abgeholt, um bei ihr zu wohnen, solange seine Mama im Krankenhaus lag.

„Keine Angst Tom, wir beide machen es uns sicher gemütlich", hatte Oma ihm versprochen. Sie gab sich bestimmt alle Mühe, aber natürlich konnte sie ihm seine Mama nicht ersetzen. Oma fuhr jeden Tag mit Tom in die Klinik, und wenn er seine Mama blass und müde im Bett liegen sah, wurde er noch trauriger. Zudem gab es bei Oma keine Freunde, mit denen er nach der Schule spielen konnte, und überhaupt war dort alles so anders als zuhause.

„Sei brav", ermahnte ihn seine Mama jedes Mal von neuem.

Das hatte Tom ihr fest versprochen, aber es fiel ihm schwer. Bei Oma war es einfach nur langweilig, fand er.

„Wollen wir heute mal Plätzchen backen?", schlug Oma eines Tages vor.

Zögernd stimmte Tom zu. Eigentlich hatte er keine Lust, aber er hatte derzeit ohnehin wenig Freude an solchen Dingen.

„Wir nehmen für Mama später ein paar mit in die Klinik, was hältst Du davon?" fragte Oma.

Dieses Argument überzeugte auch Tom schließlich. Also band seine Oma ihre bunte Blümchenschürze um, kramte schnell die Ausstechförmchen hervor und suchte die Backzutaten zusammen. Dann konnte es losgehen, und nur wenig später krempelten beide die Ärmel hoch, um den Teig vorzubereiten.

„Er muss jetzt erst eine kleine Weile ruhen, dann machen wir weiter", erklärte Oma. In der Zwischenzeit wusch sie das benutzte Geschirr ab und räumte es mit Tom's Hilfe fort. Nach dem Mittagessen konnte der Teig ausgerollt werden. Oma hatte wirklich ausgefallene Ausstechförmchen, fand Tom. Nicht nur gewöhnliche Sterne und Monde, sondern auch Engel, Tierfiguren, ein Telefon und viele andere Motive, so wie alle Buchstaben des Alphabets. Backen war ein Hobby von Oma. Tom war überrascht, denn nur wenig später war er tatsächlich selbst mit Feuereifer dabei die Plätzchen auszustechen. Oma war sehr zufrieden. Sie wusste, Tom vermisste seine Mama ganz schrecklich und sie ihn natürlich ebenso, deshalb wollte sie ihn ablenken so gut sie konnte. Als sie das erste Blech aus dem Ofen zog, fragte Tom, ob er die Kekse mit Zuckerguss verzieren dürfe.

„Aber ja, mein Junge", bestätigte Oma und holte gleich Puderzucker. Sie fand auch noch eine Packung mit bunten Perlen. Am Ende waren es lauter kleine Kunstwerke, die sie beide gezaubert hatten. Tom war sehr glücklich, und als sie am späten Nachmittag wieder ins Krankenhaus fuhren, um seine Mama zu besuchen, hatte Oma schon eine Dose mit Kostproben für sie zusammengestellt. Mama sah heute schon viel besser aus, fand Tom. Sie freute sich sehr über ihren Besuch und bestaunte die hübsch verzierten Kekse.

„Die sind doch viel zu schade zum Essen", fand sie.

„Aber wir haben noch ganz viele, die kannst Du gern aufessen", erzählte Tom stolz.

Seine Mama nickte lächelnd. Sie probierte tatsächlich ein Plätzchen und fand es sehr lecker. Dann gab sie ihrer Bettnachbarin auch eines, und die lobte Oma und Tom ebenfalls für ihre Backkünste.

„Am Heiligen Abend darf ich nach Hause", erzählte Tom´s Mama.

„Wie schön, das freut mich sehr!", lachte Oma. „Aber Du bist doch noch recht schwach, Ihr könnt gern vorerst bei mir wohnen wenn Ihr möchtet", schlug sie vor.

„Ich würde mich wirklich freuen, wenn Ihr beide zumindest über die Feiertage bei mir bleiben würdet!"

„Daran hatte ich auch schon gedacht", sagte Tom´s Mama. „Aber fallen wir Dir wirklich nicht zur Last?"

„Ach, i wo, natürlich nicht!", beruhigte

Oma sie.

Tom wäre natürlich am liebsten gleich mit Mama nach Hause gegangen, aber er sah ein, dass sie sich erst noch ein wenig erholen musste. Inzwischen fand er es bei Oma gar nicht mehr so schlimm wie in den ersten Tagen. Bevor seine Mama entlassen wurde, suchte er mit seiner Oma auf dem Weihnachtsmarkt einen schön gewachsenen Tannenbaum aus. Mit der Hilfe eines freundlichen Nachbarn wurde der Baum im Wohnzimmer aufgestellt, und Tom durfte ihn mit Kugeln Strohsternen und roten Kerzen schmücken.

„Das hast Du prima gemacht!", lobte Oma ihn.

Am nächsten Morgen war Heiligabend, und sie konnten Mama aus dem Krankenhaus abholen. Es hatte in der Nacht zuvor tüchtig geschneit. Der ganze Garten war im Schnee versunken, und sie mussten erst mühevoll die Einfahrt zur Garage freischippen, bevor Oma ihr kleines Auto herausholen und mit Tom zum Krankenhaus fahren konnte. Die Straßen waren sehr glatt, und alle atmeten auf, als sie heil zuhause anlangten. Seine

Mama war tatsächlich noch etwas wacklig auf den Beinen, aber das würde sich bestimmt schnell bessern, meinte sie. Allerdings war sie traurig, weil sie für Oma kein passendes Weihnachtsgeschenk hatte.

„Tom, wir können heute nicht mehr nicht in die Stadt fahren, aber ich hätte so gern eine schöne Überraschung für Oma, die hat sie verdient!", klagte sie

Wie gut, dass sie ihrer Mutter gleich zu Beginn des Aufenthaltes im Krankenhaus verraten hatte, wo die Geschenke für Tom versteckt waren. Er wäre bestimmt maßlos enttäuscht gewesen, wenn er von ihr zu Weihnachten nichts bekommen hätte. Oma hatte alles mitgenommen, als sie für seine Mama frische Wäsche und Kleidung geholt hatte, nachdem feststand, dass sie mit Tom bei ihr bleiben würde.

Tom überlegte. Dann schlug er vor, dass sie beide für Oma einen Gutschein basteln könnten.

„Und ich baue ihr eine tolle Schneefrau!", bot er an.

„Das ist eine gute Idee", meinte Mama. „Am besten fängst Du gleich damit an."

Also zog Tom sich an und lief in den Garten. Oma war währenddessen in der Küche beschäftigt, um das Essen für den Abend vorzubereiten. Sie würde dort bestimmt nicht viel davon mitbekommen. Er arbeitete wie besessen, und das Ergebnis konnte sich wirklich sehen lassen. Mama hatte inzwischen ein rotes Halstuch, eine bunte Kittelschürze und die ausrangierte Brille von Tom´s früh verstorbenem Opa gefunden. Diese Utensilien gab sie Tom. Am Ende hatte Mama der Schneefrau noch das rote Tuch dekorativ um den Kopf geschlungen. Darunter lugten einige grüne Zweige als Haare hervor. Die steinernen Augen blinzelten hinter den kugelrunden Brillengläsern hervor, und weil die dicke Schneefrau mit einer von Omas alten Kittelschürzen bekleidet war, wusste man sofort wen sie darstellen sollte. Tom war mächtig stolz auf sein Werk. Es wurde höchste Zeit, denn Oma hatte schon zweimal zum Essen gerufen.

„Wir kommen, aber erst musst Du kurz mit uns in den Garten gehen, denn da steht Dein Weihnachtsgeschenk von Tom", bat seine

Mama.

Oma stutzte, aber sie widersprach nicht, sondern zog ihre Stiefel an, während Mama schnell nach ihrem Smartphone griff, um ein Foto zu machen. Als Oma ihr Ebenbild sah, brach sie in Lachen aus und war sichtlich gerührt.

„Das hast Du für mich gemacht?", fragte sie ungläubig.

Tom nickte. Seine Bäckchen glühten vor Aufregung.

„Danke mein lieber Tom, so ein schönes Weihnachtsgeschenk habe ich noch nie bekommen", meinte sie.

Dann mussten Tom und sie sich neben die Schneeoma stellen, damit Mama dieses besondere Geschenk im Bild festhalten konnte. Dann machte Tom ein Foto von Oma und seiner Mama, auf dem die beiden die Schneefrau in die Mitte nahmen.

„Wenn Du wieder gesund bist, dann möchte ich sehr gern eine Vergrößerung von diesem Schnappschuss, den stelle ich dann auf den Kamin zu den anderen Familienfotos", bat Oma.

Natürlich wurde ihr das von Tom´s Mama

versprochen. An diesem Tag wurden noch etliche Fotos gemacht, und am Ende bekam Oma nicht nur das erbetene Bild von sich mit der Schneeoma in einem silbernen Rahmen geschenkt, sondern zusätzlich ein ganzes Fotobuch zur Erinnerung an dieses ganz besondere Weihnachtsfest.

Ein Weihnachtsmärchen

Wir leben hier ein bisschen abgeschieden, meine Menschen und ihre Tiere. Zur Menschenfamilie gehören Olav, seine Frau Susanne und ihre drei Kinder. Mats ist der Älteste, dann folgen seine Schwestern Anna und Sophie. Meine Tierfamilie setzt sich aus drei Hunden, einem Kaninchen und mir, der Katze Shiva zusammen. Ella, Taps und Piefke, so heißen die Hunde. Wobei die Hündin Ella die Größte von ihnen ist. Sie hat dunkelbraunes, glattes Fell. Der Pelz von Taps ist hellbraun gelockt, und er ist nur wenig kleiner als Ella. Der dritte im Bunde ist Piefke. Sein Fell ist überwiegend weiß, aber er hat braune Ohren und auf dem Rücken ebenfalls einige braune Stellen. Seine buschige Rute ist auch braun und so gut wie ständig in Bewegung. Das Kaninchen Hoppla hat sich eines Tages von selbst bei uns eingefunden, keine Ahnung woher es kam, aber das ist auch egal. Bei uns ist jeder willkommen, wenn er friedlich ist und sich mit den anderen verträgt. Ich selbst bin eine Katze mit einem Pelz von undefinierbarer Farbe. Der ist ein bisschen schwarz, ein bisschen grau, und ein paar helle Streifen habe ich auch. Ella und ich sind schon lange bei unseren Menschen. Taps und Piefke sind im letzten Sommer aus einem Tierheim aus Rumänien zu uns gekommen. Susanne und Olav sind große Tierfreunde und helfen wo immer sie können, wenn es nötig ist. Piefke und Taps hatten Glück, denn wenn Olav und Susanne sie nicht zu uns geholt hätten, wer weiß, was dort mit ihnen geschehen wäre – man hört da schlimme Dinge. Aber jetzt leben sie hier und es geht ihnen gut. Als sie zu uns kamen, waren beide sehr verängstigt, aber das hat sich zum Glück schnell gelegt. Jetzt tollen oft alle drei gemeinsam durch Wald und Feld. Unser Familienoberhaupt ist nämlich Förster, und nimmt die drei ab und zu mit, wenn er durch sein Revier geht. Das ist mir zu weit, ich bleibe lieber in der Nähe des Hauses.

Immer, wenn die kalte Jahreszeit beginnt, geht Olav häufig zu der Futterkrippe im Wald und bringt für die Rehe und Hirsche

Futter dorthin. Außerdem ist es eine alte Tradition, dass er und Susanne auch für sie einen Weihnachtsbaum aufstellen. Am Heiligen Abend, wenn es zu dämmern beginnt, brechen sie auf. Dann geht die ganze Familie in den Wald, um den Baum aufzustellen und die Tiere zu beschenken. Ihr Weihnachtsbaum wird mit einigen Äpfeln, Mohrrüben und vielen anderen Leckereien geschmückt. Das dürfen dann die Kinder übernehmen. Das meiste Futter wird auf dem Boden verteilt, damit auch die kleineren Waldbewohner davon fressen können und niemand zu kurz kommt. Ella und ich sind schon einige Male dabei gewesen, und in diesem Jahr haben wir auch Taps und Piefke mitgenommen. Damit Hoppla auch bei der Bescherung dabei sein kann, nimmt Susanne die Häsin und mich in einem Bastkörbchen mit. Die Kinder haben Laternen oder Taschenlampen, und Olav trägt den Sack mit dem Futter. Wenn er den geleert hat und das Bäumchen aufgestellt ist, dann bleiben wir meistens noch ein Weilchen dort, bevor wir uns wieder auf den Heimweg machen. Damit es für die

Kinder unterwegs nicht zu langweilig wird, werden Weihnachtslieder gesungen. Jedes Familienmitglied hat nämlich ein anderes Lieblingslied. Und Susanne sagt, diese Art Weihnachten zu feiern, gefällt ihr am allerbesten. Aber in diesem Jahr war alles anders. Es hatte schon in der Nacht zum Heiligabend tüchtig geschneit. Natürlich sollte die Bescherung für die Tiere deshalb nicht ausfallen. Also wurden die Kinder warm eingepackt, mussten ihre dicken Stiefel anziehen und Olav stellte seinen prall gefüllten Sack auf den Schlitten und zog ihn hinter sich her. Das war besser als ihn tragen zu müssen, fand er. Die Kinder waren natürlich ohnehin begeistert.

„Hurra, endlich haben wir mal wieder weiße Weihnachten!", jubelte Mats. Auch Sophie und Anna fanden die weiße Pracht toll. Um ehrlich zu sein, ich bin kein Winterfan. Vor allem dann nicht, wenn ich gleich bis zum Bauch im Schnee versinke, wenn ich in den Garten gehen möchte. Als wir am Futterplatz angekommen waren, stampften alle erst mal den Schnee platt, damit die Tiere ihr Futter auch finden konnten. Inzwischen hatte es zum Glück aufgehört zu schneien. Der Abend war sternenklar und ein riesiger, kugelrunder Mond leuchtete über den Tannen.

„Ist das nicht schön?", fragte Susanne und alle nickten.

Plötzlich hob Taps den Kopf, stellte die Ohren auf und lauschte. Auch Ella, Piefke und ich hörten ein leises Klingeln, das schnell näher kam. Sogar Hoppla wurde unruhig. Und dann sahen wir es alle. Stellt Euch vor, der Weihnachtsmann sauste, mit seinem von Rentieren gezogenem Schlitten, direkt vor unseren Augen am Mond vorbei.

„Fröhliche Weihnachten!", rief er.

Ich schwöre, ich habe es ganz deutlich gesehen, als wir alle vor der Futterkrippe standen und warteten, während die Familie „Stille Nacht" sang. Die Hunde, Hoppla und ich, wir saßen in einer Reihe im Schnee und staunten, denn das war ein ganz besonderer Moment. Ich glaube allerdings, unsere Menschen haben den gar nicht mitbekommen. Aber Ella, Taps, Piefke, Hoppla und ich, wir durften in diesem Jahr ein richtiges Weihnachtsmärchen erleben.

Das vertauschte Paket

„Liam, der Dritte", so nannte Mama ihren Sohn gelegentlich scherzhaft, weil außer ihm schon sein Vater und sein Großvater diesen Namen trugen.

„Und, wenn Du irgendwann mal einen Sohn haben wirst, dann muss der auch Liam heißen", bekräftigte seine Tante Caitlin. Die Familie O´Connor stammte aus Irland und seine Großeltern lebten immer noch dort. Sie hatten eine große Schaffarm, und in den langen Sommerferien traf sich die ganze Familie bei ihnen, denn Liam´s Großeltern konnten ihre Tiere nicht allein lassen, um woanders Urlaub zu machen. Die Familie, das waren Liam, seine Eltern, Onkel Tom seine Frau Tante Marina und ihre Tochter Neela. Liam und seine Eltern wohnten in der Mitte Deutschlands, während Onkel Tom und seine Lieben weiter im Norden zuhause waren. Ihre jüngere Schwester Caitlin hatte einen Iren geheiratet und lebte immer noch in der Nähe ihres Heimatortes. Sie und Onkel Brian kamen ebenfalls häufig zu Besuch, wenn ihre Brüder mit deren Familien aus Deutschland sich auf der Farm aufhielten. Es waren jedes Mal wunderbare Ferien für Liam und Neela, und ihre Großeltern freuten sich von Herzen, wenn sie ihre Enkel sehen konnten. Liam´s Opa war ein rotblonder, hochgewachsener Hüne mit vielen Sommersprossen in dem faltigen Gesicht. Er konnte wunderbare Gruselgeschichten erzählen. Ja, er beharrte sogar darauf, als Junge selbst einmal einem leibhaftigen Gespenst begegnet zu sein.

„Das war in den Ruinen der alten Abtei", erzählte er augenzwinkernd.

„Alle Iren sind große Geschichtenerzähler", behauptete Oma Brenda und lachte ihn aus.

Aber Liam und Neela glaubten trotzdem so gut wie alles, was Opa ihnen erzählte. Auf ihren dringenden Wunsch hin, war er eines Abends mit den beiden Kindern zur Abtei gewandert. Sie hatten Taschenlampen und Decken mitgenommen, und Oma Brenda hatte ihnen etwas zu trinken und belegte Brote eingepackt. Mehrere Stunden hatten sich die drei in dem alten Gemäuer aufgehalten, und Opa Liam hatte noch einmal von seinem Erlebnis mit dem

Gespenst erzählt. Zur großen Enttäuschung der Kinder war trotzdem weder ein Geist noch ein anderes unheimliches Wesen auf der Bildfläche erschienen.

„Außerdem glaube ich ohnehin, dass es seitdem verschwunden ist, denn ich habe das Gespenst nie mehr wiedergesehen", vertraute Opa Liam ihnen an. Nachdem sie bis nach Mitternacht vergeblich gewartet hatten, schlugen sie den Heimweg ein. Aber diesen nächtlichen Ausflug hatten Neela und Liam dennoch äußerst aufregend gefunden.

Liam und Neela liebten natürlich auch Oma Brenda, die von ihnen liebevoll Granny genannt wurde. Sie verwöhnte ihre Enkel nach Kräften. In der Regel war sie es, die sich um die Geschenke kümmerte. Zu den Geburtstagen und zu Weihnachten kamen immer große, bunt eingewickelte Pakete aus Irland. Kurz vor Weihnachten wurde für Liam die Spannung fast unerträglich. Er wartete täglich sehnsüchtiger auf den Postboten, obwohl er wusste, dass das Paket aus Irland, genau wie in all den Jahren zuvor, sofort von seiner Mama in

Verwahrung genommen wurde. Erst am Heiligen Abend tauchte es wieder auf und wurde dann von ihm und seinen Eltern ausgepackt. Ob es in Irland auch schneite? Hier fielen seit Tagen dichte Flocken, einen Winter mit so viel Schnee hatte es schon lange nicht mehr gegeben. Aber Liam freute sich sehr darüber. Schnee zu Weihnachten war etwas ganz Besonderes, fand er. Mit Papa zusammen hatte er im Garten einen großen Schneemann gebaut. Mama hatte ihnen eine Möhre als Nase spendiert und Liam erlaubt, dem Schneemann einen ihrer alten Hüte aufzusetzen. Richtig toll sah er damit aus fanden Papa und er. Gestern war er mit seiner Mama in der Stadt gewesen, um für die Großeltern Geschenke zu kaufen. Opa Liam bekam einen dicken Pullover und eine neue Pfeife. Für Oma Brenda hatten sie einen edlen Seidenschal und Parfüm erstanden. Papa hatte im Lauf des Jahres wieder viele Fotos von seiner Familie gemacht, die er mithilfe seines Computers zu einem Kalender verarbeitete. Darüber freuten sich die Großeltern immer ganz besonders. Und Liam hatte für Oma und Opa natürlich gebastelt und ein paar Bilder gemalt. Mama hatte zusätzlich einige Süßigkeiten mit in das Paket gesteckt, die in Irland nicht erhältlich waren, von denen sie wusste, dass Oma Brenda sie besonders gern mochte. Schwer beladen kamen sie nach Hause zurück. Am nächsten Tag wurde das sperrige Paket zur Post gebracht und konnte die weite Reise nach Irland antreten. Nun war es nur noch eine knappe Woche bis zum Heiligen Abend und Liam machte sich allmählich Sorgen, ob die Geschenke aus Irland pünktlich eintreffen würden. Er war sehr erleichtert, als er sah, dass der Paketbote sich durch den hohen Schnee bis zu ihrer Haustür durchkämpfte. „Mama, die Post kommt", rief er freudig. Natürlich war seine Mama gleich zur Stelle, um dem Mann seine Last abzunehmen. Sie erlaubte Liam auch nicht, es länger in Augenschein zu nehmen oder gar daran zu rütteln, sondern brachte es schnell in den Keller. Jetzt konnte Weihnachten kommen, und Liam war schon sehr gespannt, was das verheißungsvolle Paket enthalten würde. Und dann hatte das Warten endlich ein

Ende, denn der Heilige Abend war da. Nach dem Kirchgang wurden schnell die Lichter an dem Tannenbaum angezündet und Liam durfte das Paket auspacken. Später würde Papa den neuen Computer einschalten, und Liam und seine Eltern konnten direkt mit Oma und Opa sprechen. Dabei waren sie sogar auf dem Bildschirm zu sehen. Skypen nannte sich diese Technik, die Liam total begeisterte. Das war ein Geschenk, das Mama und Papa sich zu Weihnachten selbst gemacht hatten. Und Tante Caitlin hatte dafür gesorgt, dass Opa und Oma zuhause in Irland ebenfalls einen neuen Computer bekommen hatten, den Onkel Brian ihnen eingerichtet hatte. Liam war sehr gut gespannt, ob es funktionieren würde. Er freute sich, denn wenn das klappte, könnte er auf diese Art bestimmt öfter mit seinen Großeltern reden. Während Mama und Papa ihre sich ihre Geschenke ansahen, griff Liam nach dem Päckchen, auf dem eine breite rote Schleife prangte. Bei Granny hatte jeder seine eigene Farbe. Die Gaben für ihre Söhne wurden stets in Blautönen verpackt, deren Frauen bekamen gelbe oder zum Weihnachtsfest goldfarben umhüllte Präsente und die Päckchen für ihre Enkel wurden leuchtend rot eingewickelt. An dieser Tradition hielt sie eisern fest. Ungeduldig riss Liam die Verpackung auf, nahm den Deckel vom Karton und schaute total verblüfft auf sein vermeintliches Weihnachtsgeschenk. Vor ihm lag eine Puppe, die einen dicken Schneeanzug trug. Enttäuscht schaute er zu seinen Eltern hinüber. Mama und Papa schienen sich ebenfalls über ihre Geschenke zu wundern.

„Seit wann trinke ich denn Rotwein? Ein Whisky aus der Heimat wäre mir lieber", meinte sein Vater verwundert.

„Der Schlafanzug ist zwar hübsch, mir aber leider mindestens eine Nummer zu klein. Komisch, Deine Mutter kennt doch meine Kleidergröße", sagte seine Mama ebenso ratlos und legte das gute Stück wieder zusammen.

Das konnte nur ein Irrtum sein. Da war Liam ganz sicher. Aber auf dem Paket stand eindeutig die richtige Anschrift. Dann wandte er sich den anderen Geschenken zu. Liam hatte zwei tolle neue Computerspiele bekommen, die er sich gewünscht hatte, ein Buch und auch über die neuen Roller Skates freute er sich ebenfalls sehr und wollte sie, sobald es das Wetter zuließ, ausprobieren.

„Jetzt essen wir erst mal etwas, und danach versuchen wir dann Granny und Opa zu erreichen", schlug seine Mutter vor.

So wurde es gemacht, und wenig später schaltete sein Papa den Computer ein, wählte die Nummer aus Irland und ruck zuck erschien das Gesicht von Oma Brenda auf dem großen Bildschirm. Opa Liam stand direkt hinter ihr.

„Hallo meine Lieben! Wir wünschen Euch fröhliche Weihnachten" rief Oma Brenda freudestrahlend.

„Ich wünsche Euch natürlich auch fröhliche Weihnachten. Brian hat uns vor ein paar Tagen den neuen Computer installiert. Ein schöneres Geschenk hättet Ihr Euch nicht einfallen lassen können – vielen, vielen Dank!", dröhnte die Stimme von Opa Liam ihnen entgegen. „Caitlin und wir haben das Skypen schon ein paar Mal geübt, damit wir uns heute nicht blamieren. Hat es bei Euch auch geschneit?", erkundigte er sich.

Oma Brenda warf dazwischen: „Ich hoffe, Ihr freut Euch über unsere Geschenke!"

„Ja, ähm...", kam Liam´s Vater ins Stottern.

„Wie bist Du darauf gekommen, für mich eine Puppe zu kaufen, Granny?", wollte Liam wissen.

Oma Brenda erschrak sichtlich. „Oh nein, Du hast die Puppe bekommen? Die war natürlich für Neela bestimmt."

„Und mein Schlafanzug ist wirklich schön, aber ich fürchte, ich muss ihn Marina schenken, mir passt er nicht, trotzdem vielen Dank", fügte seine Mama hinzu.

„Lass mich raten. Liam, Du hast keinen Whisky erhalten, sondern stattdessen das Geschenkpaket mit dem guten Rotwein, stimmt´s?", fragte Oma Brenda entsetzt.

Liam´s Papa nickte.

„Dann ist die Sache sonnenklar. Kinder, ich habe die Paketaufkleber verwechselt, das tut mir wirklich sehr leid", entschuldigte Oma Brenda sich verlegen. Das Ganze war ihr sehr peinlich.

„Na ja, das kann doch jedem passieren", tröstete ihr Sohn sie.

Im gleichen Moment läutete das Telefon. Liam rannte hin und nahm den Hörer ab. Sein Onkel Tom war am Apparat. Er wünschte ihnen fröhliche Weihnachtstage und bat darum, seine Eltern sprechen zu dürfen.

„Die reden gerade mit Oma und Opa", informierte ihn Liam. „Warte, ich hole einen von ihnen."

„Lass nur, sie können mich gern später zurückrufen. Aber ich glaube, wir sollten uns treffen, denn Ihr habt ganz sicher auch die falschen Geschenke erhalten, oder?", erkundigte sich Onkel Tom.

„Ja, stell Dir bloß vor, ich habe eine Puppe ausgepackt", sprudelte Liam hervor.

Sein Onkel lachte. „Neela wird sich ganz bestimmt darüber freuen, aber mit einem ferngesteuerten Flugzeug kann sie nicht viel anfangen. Wir sollten die Geschenke besser austauschen", schlug er vor.

Dann trug er Liam Grüße an seine Eltern auf und beendete das Gespräch. Liam hatte den Hörer gerade aufgelegt, als seine Mama hinzukam. Sie fand, das war eine gute Idee ihres Schwagers.

„Wenn Du Dich noch von Oma und Opa verabschieden möchtest, musst Du jetzt schnell kommen", forderte sie ihn auf.

Zum guten Schluss beteuerte Oma Brenda noch einmal, wie leid ihr diese Verwechslung tat, und dann wurde der Bildschirm wieder dunkel. Anschließend berieten Liam´s Eltern wann sie sich mit der anderen Familie treffen könnten.

„Ich fände den zweiten Weihnachtstag gut", meinte sein Papa.

Damit waren Onkel Tom und Tante Marina einverstanden, wie sich bei dem Telefonat mit ihnen herausstellte. Da es in ihrer Region nicht geschneit hatte, würden sie sich auf den Weg machen und ein paar Tage bleiben. Liam freute sich sehr auf den Besuch, denn mit seiner Cousine Neela verstand er sich ausgezeichnet. Nachdem alle später ihre richtigen Geschenke erhalten hatten, stellte Neela fest: „Ich finde, wir sollten in Zukunft immer zusammen Weihnachten feiern, Das ist doch viel lustiger! Und so furchtbar weit ist der Weg ja auch nicht."

„Da hast Du völlig recht. Aber, wenn

Granny nicht versehentlich die Adressen vertauscht hätte, wären wir sicher nicht so schnell auf den Gedanken gekommen", lachte ihr Vater. Dann setzte er, an seinen Bruder gewandt, hinzu: „Marina und ich würden uns wirklich freuen, wenn Ihr zum nächsten Weihnachtsfest zu uns kommen würdet."

Engeltaxi

Franz Bödecker fuhr mit Leib und Seele Taxi. Wenn er hinterm Steuer saß, fühlte er sich wohl. Bei seinen vielen Fahrten lernte er sehr unterschiedliche Menschen kennen und konnte mit seinen Fahrgästen oft interessante Gespräche führen. Weil er keine Familie hatte, fuhr er häufig auch an Sonn- und Feiertagen, die seine Kollegen lieber im Kreis ihrer Familien verbrachten. So hatte er sich auch in diesem Jahr freiwillig dazu verpflichtet am Heiligen Abend im Einsatz zu sein. Auf ihn wartete ja niemand, und gerade an solchen Tagen lohnte sich das Geschäft meistens ganz besonders. So stand er wieder auf seinem Stammplatz am Bahnhof und wartete auf Kundschaft. Eine ältere Dame trat auf den Bahnhofsvorplatz und kam auf ihn zu. Er kurbelte auf der Fahrerseite das Fenster herunter und fragte nach ihrem Ziel. Sie nannte ihm eine Straße, die ganz in der Nähe lag und nahm im Fond des Wagens Platz. Dabei informierte sie ihn gleich vertrauensselig, dass sie nicht mehr so gut zu Fuß sei.

„Früher wäre ich die paar Meter bis zu meiner Schwester locker gelaufen, aber die Beine, wissen Sie..."

Franz nickte verstehend. Schon einige Minuten später waren sie am Ziel. Er half ihr beim Aussteigen, und sie gab ihm als Entschädigung für die kurze Fahrt ein großzügiges Trinkgeld. Dann wünschte sie ihm ein frohes Fest. Franz bedankte sich höflich und wünschte ihr ebenfalls schöne Feiertage mit ihrer Schwester. Anschließend fuhr er zurück und wartete auf weitere Kundschaft. Als Nächster kam ein Mann zu ihm, der in einen Vorort gebracht werden wollte, auch diese Tour verlief völlig problemlos. Bei seiner Rückkehr hatte Franz den Wagen eines Kollegen vor sich. Nachdem der besetzt war, stand er erneut ganz vorn. Dann sah er zwei hübsche junge Frauen das Gebäude verlassen, die nun zielstrebig auf sein Taxi zusteuerten. Die Rothaarige fragte ihn, ob er bereit sei sie beide auf eine längere Tour zu begleiten. Sie und ihre blonde Freundin trugen rote Weihnachtsmützen mit weißem Besatz aus

Kunstfell. Beide hatten mehrere schwere Taschen dabei, aus denen etliche hübsch verpackte Geschenke hervorlugten. Die wollten sie an Freunde und Bekannte verteilen.

„Wir haben bei der Aktion Paket mit Herz mitgemacht", verriet ihm eine der beiden jungen Damen. „Aber einige gute Freunde möchten wir heute auch noch überraschen."

„So, dann sind sie also als Weihnachtsengel unterwegs", schmunzelte Franz.

„Ja, so könnte man das durchaus nennen", antwortete die andere junge Dame lachend. Franz verstaute das Gepäck zum größten Teil im Kofferraum, stellte eine weitere Tasche neben sich auf den Beifahrersitz und los ging es. Seine Fahrgäste saßen auf der Rückbank, kicherten ausgelassen um die Wette und hatten rote Wangen vor lauter Eifer.

„Wohin soll es denn jetzt zuerst gehen?", erkundigte Franz sich höflich.

Der blonde Weihnachtsengel überreichte ihm eine Liste mit Anschriften.

„Ich habe die Tour so zusammengestellt, dass Sie nur von einer Adresse zur nächsten fahren müssen. Dann steigt eine von uns aus oder auch wir beide, und schon geht es weiter. Ist das für Sie in Ordnung?", fragte sie.

„Natürlich, wenn ich den Tachometer laufen lassen darf", erwiderte Franz.

„Aber ja, das haben wir einkalkuliert", hieß es.

Je länger Franz sich in der Gesellschaft dieser liebenswerten Geschöpfe befand, desto mehr Gefallen fand er an dieser ungewöhnlichen Fahrt. So viel Fröhlichkeit und Herzenswärme hatte er lange nicht gespürt. Er wünschte sich, diese Tour möge niemals enden. Irgendwann hatten sie allerdings auch die letzte Adresse abgehakt, und Franz wurde gebeten zum Bahnhof zurückzufahren.

„Wir müssen unbedingt noch den letzten Zug erwischen", erklärte die Blonde.

„Natürlich", antwortete Franz und gab Gas. Es war spät geworden, und die meisten Leute saßen bestimmt schon längst mit ihren Familien daheim und feierten das Fest der Liebe. Die zwei Freundinnen schienen ein wenig erschöpft zu sein, aber sie waren offenbar mit sich zufrieden, schließlich hatten sie heute vielen Menschen durch ihrem Besuch etwas Weihnachtsfreude gebracht. Nachdem sie wieder am Bahnhof angekommen waren, verabschiedeten sie sich freundlich von ihrem geduldigen Fahrer und wünschten Franz ebenfalls ein gesegnetes Weihnachtsfest.

„Das wünsche ich Ihnen beiden auch", antwortete er strahlend.

Er wusste, diesen Heiligen Abend würde er bestimmt nicht so schnell vergessen. An der Eingangstür zum Bahnhof wandten die beiden Weihnachtsengel sich noch einmal um und winkten, bevor sie schnell im Gebäude verschwanden. Nun lohnte es sich gewiss nicht mehr auf weitere Fahrgäste zu warten, außerdem war der Tag für Franz sehr lukrativ gewesen, wie er zufrieden feststellte. Jetzt freute er sich auf einen ruhigen Abend. Nachdem er zuhause sein Taxi abgestellt hatte, fand er ein Päckchen auf dem Rücksitz. Hatten die beiden dieses hübsche Präsent womöglich vergessen? Aber nein, eine weihnachtliche Karte lag dabei und die war eindeutig an ihn adressiert:

„Für unseren netten und so geduldigen Chauffeur – mit herzlichem Dank!", stand darauf. Franz war gerührt. Seit vielen Jahren schon hatte ihm niemand mehr etwas zu Weihnachten geschenkt. Das Geschenk war silbern eingepackt und mit einer blauen Schleife verziert. An dem darunter fest gesteckten Tannenzweig hingen zwei flache Engelfiguren aus Pappe. Franz staunte und rieb sich verwundert die Augen. Wenn er genau hinsah, dann meinte er sogar, in den lieblichen Engelgesichtern eine gewisse Ähnlichkeit mit seinen beiden Fahrgästen zu erkennen. Einen kurzen Augenblick fragte er sich, ob es womöglich tatsächlich zwei Himmelsboten gewesen sein konnten, denen er heute begegnet war.

Geschenke für das Jesuskind

Finley, der jüngere Bruder von Mia war leider ein kleiner „Teufelsbraten", wie seine Mama scherzhaft sagte. Er war ja erst drei und machte jeden Tag neue Dummheiten. Am liebsten versteckte er Dinge wie die Mama´s Autoschlüssel oder auch das Smartphone von Papa. Wenn er danach gefragt wurde, wusste er häufig gar nicht was gemeint war oder tat zumindest so. Das wusste man bei ihm nie so genau. Er grinste spitzbübisch und freute sich jedes Mal diebisch, sobald einer seiner zuvor so sorgfältig versteckten Schätze irgendwann wieder auftauchte. Mit der Zeit hatte die ganze Familie sich daran gewöhnt, und versuchte die wirklich wichtigen Dinge außerhalb seiner Reichweite zu deponieren. Seit einigen Wochen war der Welpe Bobby in die Familie gekommen, und der kleine Hund versteckte ebenso gern wie Finley alle möglichen Dinge. Außerdem knabberte er Mia´s Hausschuhe an und war im Grunde das dritte Kind der Familie, das natürlich trotzdem von allen heiß und innig geliebt wurde.

Finley und Bobby hatten schon mehrfach die hübsche Weihnachtsdekoration von Mama durcheinander gebracht, indem sie einige Engel weggeschleppt und die Strohsterne an dem großen Adventsstrauß versteckt hatten. Als Papa die schöne, alte Krippe im Wohnzimmer aufstellte, hatte er Finley allerdings strengstens verboten die Figuren auch nur anzurühren. Diese Krippe faszinierte ihn dennoch außerordentlich, und er versuchte gelegentlich auch dem Jesuskind etwas zu schenken. So fand seine Mama eines Tages dort ein klebriges Bonbon und wenig später sogar ein Stück Schokolade. Da sie wusste wie gern Finley Süßigkeiten aß, mochte sie deshalb nicht mit ihm schimpfen, schließlich hatte er es ja lieb gemeint. Sie versuchte ihm zu erklären, dass sich solche Geschenke für das Christkind nicht eigneten, und daraufhin legte er einen besonders schönen kleinen Kieselstein oder eine Bastelei aus dem Kindergarten neben die Krippe. Seine Eltern fanden diesen Eifer rührend, daher ließen sie ihn gewähren.

Zu dem bevorstehenden Weihnachtsfest wurden bald auch Oma und Opa aus Süddeutschland erwartet. Die Kinder freuten sich schon sehr auf diesen Besuch. Ihre anderen Großeltern wohnten in der Nähe, daher sahen sie die viel häufiger. Zu Geburtstagen, Ostern und natürlich zum Weihnachtsfest machten sich aber auch Oma Magda und Opa Korbinian auf den Weg zu ihnen. Natürlich blieben sie bei solchen Gelegenheiten immer einige Tage. Deshalb hatte Mama das Gästezimmer für sie hergerichtet, die Betten frisch bezogen und auch einen Teller mit selbst gebackenen Keksen auf den Nachttisch gestellt. Besonders Opa Korbi, wie er von allen liebevoll genannt wurde, aß die sehr gern. Seit einiger Zeit benötigte er ein Gebiss, und seither beklagte er sich ständig darüber, dass sich die Krümel darin festsetzten. Außerdem fand er leider sein brandneues „Speisezimmer" ganz und gar nicht ideal. Deshalb hatte er sich angewöhnt, es bei allen möglichen Gelegenheiten aus dem Mund herauszunehmen und in seine

Hosentasche zu stecken, was seine Frau sehr unangenehm fand.

„So gewöhnst Du Dich nie an das Ding", schimpfte sie.

Aber Opa Korbi war und blieb unbelehrbar. Vor allem Finley fand es faszinierend, wenn Opa Korbi seine künstlichen Zähne für ihn klappern ließ.

In diesem Jahr hatte es, zur Freude der Kinder, tüchtig geschneit, und so kamen Oma Magda und Opa Korbi relativ spät an. Als ihr Auto endlich auf den Hof rollte, öffnete sich die Haustür und sowohl Bobby, als auch Mia und Finley rannten ihnen schnell entgegen, um sie stürmisch zu begrüßen. Schon kurz nach dem Mittag hatten sich die beiden Kinder die Nasen am Küchenfenster platt gedrückt, um die Ankunft ihrer Großeltern ja nicht zu verpassen.

„Da sind ja meine Lieblingsenkel", rief Oma Magda und drückte beide Kinder gleichzeitig an sich.

„Du hast ja keine anderen", brummte Opa Korbi, breitete aber ebenfalls seine Arme weit aus, um die beiden Kinder an sich zu ziehen. „Na, und Du musst das jüngste Familienmitglied sein", lachte er, als er Bobby sah.

Der kleine Hund wedelte freudig mit dem Schwanz und sprang begeistert an ihm hoch. Natürlich wurde er ebenfalls herzlich begrüßt.

„Schön, dass Ihr es geschafft habt. Ich helfe Euch beim Hereintragen des Gepäcks", bot sein Schwiegersohn an.

„Danke, das ist nett von Dir, die Fahrt war recht anstrengend. Ich bin ganz steif vom langen Sitzen."

Mit diesen Worten nahm Opa Korbi dieses freundliche Angebot an. Seine Tochter freute sich genauso ihre Eltern zu sehen und griff ebenfalls beherzt nach einem der großen Gepäckstücke.

„Puh, ist das schwer. Wollt Ihr vier Wochen bleiben?", erkundigte sie sich.

„Nein, aber wir mussten doch einiges mehr einpacken als sonst", rechtfertigte sich ihre Mutter.

„Ja natürlich, ich weiß schon, keine Sorge", beschwichtigte sie ihre Tochter. „Ich habe das Abendessen schon vorbereitet, Ihr seid sicher hungrig", setzte sie hinzu.

„Das kannst Du laut sagen!", erwiderte ihr Vater.

Wenig später saßen alle am gedeckten Tisch und ließen es sich schmecken. Natürlich lagen die künstlichen Zähne von Opa Korbi wieder einmal wohlverwahrt in seiner Hosentasche, wie seine Frau missbilligend feststellte. Aber sie wollte vor den anderen nichts sagen, und niemand bemerkte, wie Opa´s Gebiss ihm aus der Tasche rutschte, als er aufstand. Wirklich niemand? Doch, Finley hatte es gesehen und nahm diesen interessanten Gegenstand schnell an sich.

Nach dem Abendessen wurde es höchste Zeit für die Kinder ins Bett gebracht zu werden. Also sagten Mia und Finley den Großeltern gute Nacht, während die Erwachsenen noch eine Weile zusammen im Wohnzimmer sitzen blieben, bevor auch sie sich zurückzogen.

Am nächsten Morgen bestand Oma Magda darauf, dass ihr Mann sein Gebiss einsetzen sollte. Also langte Opa Korbi gehorsam in seine Hosentasche, um es herauszuholen.

Aber er griff ins Leere. Auch in der anderen Hosentasche fand sich nichts. Er war sicher, seine künstlichen Zähne gestern noch gehabt zu haben.

„Das kann doch gar nicht sein", meinte Oma Magda.

Sie packte seine Koffer aus, durchsuchte auch ihre Sachen und schließlich wurde sogar das Auto komplett auf den Kopf gestellt. Aber das Gebiss war und blieb verschwunden. Opa Korbi nahm die ganze Sache nicht tragisch.

„Bis ich es finde, müsst Ihr mich eben so nehmen wie ich bin", sagte er beim Frühstück. „Irgendwann wird das Ding ganz sicher wieder auftauchen" fügte er optimistisch hinzu.

Über die Feiertage war ja ohnehin kein Arzt zu erreichen, und selbst wenn das der Fall gewesen wäre, so schnell hätte er bestimmt keinen Zahnersatz bekommen. Damit musste sich auch Oma Magda abfinden. Natürlich wurden die Kinder befragt, ob sie Opa´s Zähne gesehen hatten, aber beide schüttelten energisch die Köpfe. Danach wurde der arme Bobby verdächtigt, sie verschleppt zu haben. Aber der wedelte nur freudig mit dem Schwanz und bellte. Also blieb die Suche nach dem verschwundenen Gebiss erst einmal ohne Ergebnis.

Am nächsten Tag war Heiligabend. Mia und Finley waren natürlich aufgeregt, wie alle Kinder an diesem Tag. Es hatte die ganze Nacht über unaufhörlich geschneit. So lag der Garten zur Mittagszeit unter einer dicken Schneedecke, und Opa Korbi konnte mit Finley und Mia einen Schneemann bauen, während die Eltern der Kinder mit Oma Magda zusammen drinnen alles für die Ankunft des lieben Weihnachtsmannes vorbereiteten. Dann gingen sie gemeinsam zum Familiengottesdienst, und als sie zurückkehrten, wurden die Kerzen am Weihnachtsbaum angezündet. Zusammen sangen sie einige Weihnachtslieder, und endlich durften die Kinder ihre Geschenke auspacken. Großer Jubel ertönte, als Mia eine neue Babypuppe im Arm hielt und Finley die ersehnte Ritterburg auspackte. Natürlich gab es noch andere Kleinigkeiten, und für jedes Kind einen bunten Teller mit

Süßigkeiten. Finley nahm einen kleinen Schokonikolaus, ging damit zur Krippe, und wollte ihn dem Jesuskind schenken. Oma Magda sah das und wollte ihm erklären, dass er den doch lieber selbst essen sollte, als sie sah, dass das Jesuskind eigenartig schief in seiner Krippe hing. Beim näheren Hinschauen bemerkte sie auch wieso. Unter dessen Körper lag tatsächlich Opa Korbi´s vermisste Prothese.
„Halleluja!", entfuhr es ihr.
Dann nahm die das Jesuskind hoch, und befreite es von seiner unbequemen Unterlage. Sie reichte es Opa Korbi, der damit schnell im Bad verschwand um seine Zähne gründlich zu putzen und wieder einzusetzen.
„Gefalle ich Dir so besser?", fragte er.
Sie lachte nur, wie alle anderen auch. Natürlich ahnten die Eltern wer für diesen Streich verantwortlich war, aber in dem Augenblick wollten sie Finley nicht verraten, es würde reichen, ihm später noch einmal die Leviten zu lesen. Heute war Weihnachten, da musste man einfach ein Auge zudrücken.

Weihnachten - niemals ohne Single Malt

Ian hatte sich längst damit abgefunden, dass sein Leben eine Wendung genommen hatte, nachdem seine Frau Fiona ihn verlassen hatte. Und das leider nicht ohne Grund - zugegebenermaßen. Aber danach hatte er komplett den Halt verloren und war endgültig auf der Straße gelandet. Er hatte unter den Tippelbrüdern sogar Verbündete gefunden. Meistens zogen sie zu dritt los, und hatten auch einen Platz unter einer Brücke, die sie miteinander teilten. Leider war das Leben als Obdachloser nicht ganz ungefährlich in einer Stadt wie dieser. Allerdings gab es mindestens einen Tag im Jahr, an dem er sich komplett von seinen Freunden abschottete. Das war der Heilige Abend. Dann übermannte ihn der Kummer über seine scheinbar ausweglose Situation jedes Mal von neuem. Früher, ja früher, da hatte er am Heiligen Abend mit Fiona daheim in ihrem gemütlichen, kleinen Haus vor dem Kamin gesessen. Sie hatten sich an ihrem Weihnachtsbaum gefreut und zum krönenden Abschluss des Tages hatte er die Flasche Single Malt geöffnet, die er von ihr erhalten hatte. Dieses Geschenk erhielt er seit Jahren zu jedem Weihnachtsfest. Und er kam lange damit aus, er war kein Trinker. Damals nicht. Seitdem er auf der Straße lebte, sah das anders aus. Es waren selten harte Sachen, die seine Freunde und er tranken, aber der Alkohol half ihnen letztlich auch dabei die kalten Winternächte unbeschadet zu überstehen. Gelegentlich setzte er sich an den Eingang des großen Einkaufszentrums und erbettelte etwas Geld. Seinen Malt zu Weihnachten, den brauchte er einfach. Allerdings hielt die Flasche nie lange, sondern war spätestens nach dem ersten Feiertag leer. Dann kehrte Ian zu seinen Freunden zurück. Die kannten seine Marotte und stellten keine Fragen mehr. So hatte er es auch in diesem Jahr geplant. Nachdem er sich von Gregg und Peter verabschiedet und zwei Flaschen seiner Lieblingsmarke besorgt hatte, suchte er seinen geheimen Platz auf. Dort ließ er sich nieder, breitete eine Decke aus und setzte die erste Flasche gleich an den Hals.

Heute wollte er sich betrinken. Seine Gedanken kreisten, so wie immer zu Weihnachten, auch um Fiona. Wie mochte es ihr gehen? Wie und wo mochte sie jetzt leben? Er hatte seit Jahren nichts mehr von ihr gehört. Wenn ich doch nur noch einmal mit ihr sprechen könnte, dachte er sehnsüchtig. Aber sie hatte viel zu lange Geduld mit ihm gehabt, und als sie eines Tages endgültig gegangen war, konnte er es ihr im Grunde nicht einmal verübeln. Er wusste selbst, er war oft sehr unzuverlässig gewesen, und das bereute er zutiefst. Nur aus diesem Grund hatte er diverse Jobs verloren, und deshalb hatte Fiona eines Tages die Nase endgültig voll gehabt und ihn verlassen. Wieder nahm er einen tiefen Schluck aus der Flasche. Die meisten Leute saßen jetzt in der Kirche oder zuhause und feierten Weihnachten mit ihrer Familie. Er fühlte sich einsam, wie immer an diesen Tagen. Jetzt begann es auch noch zu schneien. Dicke Flocken fielen vom Himmel, und schnell hatte der Schnee auch über ihn ein weißes Laken gebreitet. Ian begann zu frieren und wickelte seine Decke fester um sich. Auch dagegen half der Whisky, also trank er noch einen Schluck und noch einen. Es dauerte nicht lange, da war die erste Flasche leer. Er warf sie achtlos fort und öffnete die zweite. Langsam verschwamm die Welt um ihn immer mehr und er sank zur Seite und schlief ein.

Als er erwachte, beugte sich ein hübscher goldhaariger Engel über ihn. Träumte er oder hatte er sich durch seinen Suff schon ins Himmelreich katapultiert? Vorsichtig blinzelte er und murmelte: „Was is´n los?"
„Das fragen Sie mich noch? Sie haben verdammtes Glück gehabt, dass einige Leute Sie gefunden und uns alarmiert haben. Diese Nacht ist kalt, Sie hätten erfrieren können. Aber jetzt nehmen wir Sie erst mal mit ins Krankenhaus", antwortete der Engel.
Ian schluckte. Er lebte also noch. Ob er sich allerdings darüber freuen sollte, wusste er nicht. Willenlos ließ er sich aufhelfen und auf eine Trage betten. Um dagegen zu protestieren fühlte er sich einfach zu

schwach. Dann dämmerte er kurzfristig wieder weg. Als er zum zweiten Mal erwachte, lag er, nur mit einem dünnen Krankenhauskittel bekleidet, in einem weichen und sauberen Bett. Ein fast vergessenes Gefühl von Wohlbehagen stieg in ihm auf. Vorsichtig sah er sich um. Sein Schädel brummte und er erinnerte sich, dass er einige Stunden zuvor eine ganze Flasche Single Malt getrunken und anschließend sogar noch eine zweite angebrochen hatte. Gewohnheitsmäßig wollte er wieder danach greifen, aber die hatte man ihm wohl abgenommen. Stattdessen stand eine frische Flasche Mineralwasser und ein sauberes Glas auf seinem Nachttisch. Seine Kehle fühlte sich staubtrocken an, daher setzte er sich mühsam auf, öffnete die Flasche und trank einen Schluck Wasser. Brrr, fast hätte er sich daran verschluckt. Wo hatte man seine Sachen denn hin geräumt? Einen Augenblick später fühlte er sich soweit, dass er aufstand und in dem schmalen Spind an der Wand nachsah. Stimmt, darin fand er seine Plastiktüten. Seine Kleidung lag ordentlich zusammengefaltet daneben, und ganz hinten in der Ecke stand die angebrochene Flasche mit dem restlichen Whisky. Erleichtert griff er danach und nahm die Flasche an sich. Er wollte sich noch einen Moment ausruhen, aber dann würde er sich schleunigst anziehen und das Krankenhaus verlassen. Was sollte er hier? Gerade, als er wieder auf dem Bett saß, klopfte es an der Zimmertür und im nächsten Moment stand die blonde Frau wieder vor ihm, die dabei gewesen war, als man ihn aufgegriffen hatte. Mit einem Blick erfasste sie die Situation. Sie ging schnell auf ihn zu, nahm ihm die Flasche sanft aus der Hand und sagte: „Das wollen Sie doch nicht wirklich. Heute ist Heiligabend und ich habe Feierabend. Deshalb wollte ich noch einmal nach Ihnen schauen. Wie fühlen Sie sich?"

Ian schaute sie an. Schließlich raffte er sich auf und antwortete. „Wie soll es mir schon gehen? Lassen Sie mich in Ruhe, ich möchte mich anziehen und gehen."

„Wohin wollen Sie denn?"

„Das kann Ihnen doch egal sein", gab er genervt zurück.

„Ist es aber nicht. Ich mache Ihnen einen Vorschlag. Ich bin ebenfalls allein. Wollen wir den Rest des Weihnachtsfestes nicht gemeinsam verbringen?"

„Aber", stotterte Ian. „Sie kennen mich doch gar nicht..."

„Nein, aber ich finde, jeder hat eine zweite Chance verdient, und Sie sehen aus wie ein anständiger Kerl. Ihre Blutwerte haben ergeben, dass Sie kein Gewohnheitstrinker sind. Sehen Sie, meinem Bruder konnte ich nicht helfen als er vor einigen Monaten spurlos verschwand. Ich befürchte, er ist auch in der hiesigen Obdachlosenszene untergetaucht. Vielleicht können Sie mir sogar helfen ihn zu finden. Ich würde mich wirklich freuen, Sie, zumindest über die Feiertage, bei mir zu haben. Danach sehen wir weiter."

Ian glaube zu träumen, aber diese Frau schien es wirklich ehrlich zu meinen. Und hatte Fiona nicht immer gesagt, dass zu Weihnachten noch immer kleine Wunder geschehen konnten? Stumm nickte er.

„Ich heiße Nancy", stellte seine Wohltäterin sich vor.

„Ian", murmelte er.

„Ich weiß", sagte sie leise und schon begann sie damit schnell seine wenigen Habseligkeiten aus dem Spind zu nehmen, während er sich anzog.

„Brauchen Sie den Whisky wirklich?", fragte sie.

Wortlos nahm Ian ihr die Flasche aus der Hand und schüttete sie ins Waschbecken. Erstaunt registrierte er, dass es ihm nicht einmal schwer fiel.

„Gehen wir", antwortete er.

Jetzt lächelte Nancy: „Frohe Weihnachten, Ian!"

„Frohe Weihnachten, Nancy."

Corona gibt es auch im Himmel...

Was macht der Weihnachtsmann eigentlich im Sommer? Das fragen sich die Leute ja immer wieder. Na, ist doch klar, Urlaub, wie jeder. Im vorletzten Sommer war der Weihnachtsmann mit seiner Frau auf einer Südseeinsel, aber das war bevor die Existenz dieses schrecklichen Corona-Virus überhaupt bekannt wurde. Zu der Zeit, als man trotz Corona immer noch verreisen durfte, hatte er es gewagt, mit Frau Weihnachtsmann zusammen in Europa einen Kurzurlaub zu machen. Als sie zurückkamen, fühlte er sich ein paar Tage später nicht wohl, aber zunächst dachten alle, er wäre lediglich stark erkältet. Seine Frau versuchte zunächst ihn mit ihren bewährten Kräutertränken wieder auf die Beine zu bringen, aber dann stellte sich heraus, dass es ernster war. Also wurde Engelchen Philippa auf die Erde geschickt, um dort für den kranken Weihnachtsmann vorsichtshalber erst mal einen Corona-Schnelltest zu besorgen. Ihr wisst ja, das sind diese langen Wattestäbchen, die man ganz tief in die Nase stecken muss. Das ist nicht angenehm, und Frau Weihnachtsmann hatte Angst, dass sie ihrem Mann dabei wehtun würde, aber einer musste das ja übernehmen. Ihr Mann selbst traute sich das nicht zu. Dabei stellte sich heraus, dass der Weihnachtsmann tatsächlich an Corona erkrankt war. Nun war guter Rat teuer, weil er verständlicherweise große Angst hatte, dass er bis Weihnachten nicht wieder fit sein würde. Natürlich mussten er, seine Frau und das Engelchen Philippa, das ja auch bei ihnen wohnt, sofort in Quarantäne, damit sie nur niemanden mehr anstecken konnten. Aber Philippa und auch Frau Weihnachtsmann hatten Glück, denn das Virus hatte sie nicht erwischt, wie die Tests zeigten. Aber der Weihnachtsmann hatte zuvor mit Petrus und vielen anderen Engeln Kontakt gehabt. Also wurde Philippa noch mal auf die Erde gesandt, um weitere Tests zu holen. Sie fand diese Ausflüge prima und wurde von den anderen Engeln deshalb heiß beneidet, aber Petrus fand, es reichte, wenn sie sich bei ihren Besuchen auf der Erde in Gefahr begab sich doch noch anzustecken. Sogar Rudolp, seine Schwester Elvira und alle anderen Rentiere mussten vorsichtshalber ebenfalls einen Corona-Schnelltest über sich ergehen lassen. Der Weihnachtsmann kümmert sich ja selbst um seine Helfer und geht täglich in den Stall. Zum Glück waren alle gesund, nur den Weihnachtsmann, nach Petrus ist er der wichtigste Mann im Himmel, hatte es erwischt. Seine Nase lief unaufhörlich, er schniefte und schnaufte, bekam nur sehr schlecht Luft und röchelte was das Zeug hielt. Appetit hatte er auch nicht mehr, und das ist bei ihm immer ein ganz schlechtes Zeichen, fand seine Frau. Sie war äußerst besorgt um ihn. Sogar die vorwitzige Philippa tobte nicht mehr wie gewohnt durch den Himmel, sondern blieb fortan die meiste Zeit zuhause, um jetzt lieber Frau Weihnachtsmann zu entlasten. Der arme Weihnachtsmann war schlecht gelaunt, weil er wochenlang das Bett nicht verlassen konnte und auch keinen Besuch empfangen durfte. Nicht mal die Wunschzettel brachte man ihm zum Lesen. Es war wirklich zum verzweifeln.

„Was ist bloß mit mir los", grantelte er. „So krank war ich noch nie."

„Es heißt, auf der Erde bekommen die Menschen inzwischen eine Impfe, um gesund zu bleiben", erzählte Philippa ihm. „Aber es gibt mächtig Ärger, weil beileibe nicht für alle, die sich immunisieren lassen möchten, genug Impfstoff vorhanden ist!", wusste sie weiter zu berichten. „Und es gibt sogar einige schlechte Menschen, die mit allem was mit Corona zusammenhängt Geschäfte machen und sich am Elend der Anderen auch noch bereichern", fügte sie abschließend hinzu.

Vor allem Frau Weihnachtsmann regte sich darüber sehr auf.

„Auf der Erde ist schon lange vieles nicht mehr in Ordnung. Die meisten Menschen denken nur noch an sich, anstatt sich solidarisch zu zeigen", schimpfte sie. „Man sollte Weihnachten einfach ganz ausfallen lassen!"

„Aber die Kinder, was ist mit denen?" fragte Philippa erschrocken. „Die können doch nichts dafür! Sie leiden ohnehin schon darunter, dass sie ihre Freunde nicht treffen können und die Schulen immer wieder geschlossen werden müssen."

„Da hast Du natürlich recht", lenkte Frau Weihnachtsmann ein. „Ich werde mit Petrus reden müssen. In diesem Jahr sollten wir die Kinder zwar wie gewohnt beschenken, aber für die Erwachsenen müssen wir uns etwas anderes ausdenken. Das beste und sinnvollste Geschenk wäre sicher ein Impfstoff für alle, der auch gegen die vielen neuen Mutationen des Virus wirksam ist. Vielleicht kann Petrus in seinem kleinen Himmelslabor zur Abwechslung mal daran forschen, bevor die Zustände auf der Erde zu uns rüber schwappen."

Philippa hielt das für eine gute Idee und der Weihnachtsmann auch. Er fühlte sich immer noch angeschlagen, wollte aber unbedingt seine Pflicht tun, um die Kinder dieser Welt nicht zu enttäuschen. Als der Heilige Abend anbrach, erhob er sich mühevoll aus dem Bett und holte seine Arbeitskluft aus dem Schrank. Der arme Weihnachtsmann hatte durch seine Krankheit leider auch tüchtig abgenommen. Der schöne, rote Anzug schlotterte jetzt regelrecht um seinen mager gewordenen Körper, und er musste den Gürtel gleich um mehrere Löcher enger schnallen. Erbarmungswürdig sah er aus, fand seine Frau und nahm sich vor ihm in der nächsten Zeit täglich nur noch seine Lieblingsgerichte zu kochen, damit er möglichst bald wieder zu Kräften kam.

„Ihr zwei tretet die Reise nicht allein an. Ich komme mit, sonst bleibst Du gleich zuhause!"

Darauf bestand Frau Weihnachtsmann.

Und so wurde es gemacht. Leider hat Petrus es allerdings nicht rechtzeitig geschafft, bis zum Weihnachtsfest einen hilfreichen Impfstoff für alle im Himmel und die gesamte Menschheit zusammenzubasteln. Daran arbeitet er immer noch, denn die Sache ist viel schwieriger als gedacht. Aber da er ja viele andere Aufgaben im Himmel hat, kann er sich nicht ausschließlich darum kümmern. So fürchte ich, wird es noch eine ganze Weile dauern, bis die Menschheit dieses gefährliche Virus in den Griff bekommen wird. Und ob die Welt jemals wieder so wird wie zuvor? Das ist leider ebenso fraglich.

Wirbel am Heiligabend

Nachdem Kater Bolle bei ihnen eingezogen war, krachte es leider häufiger zwischen Kai und seiner Freundin Maya. Seit zwei Jahren waren sie nun ein Paar, und als Maya im Herbst den Wunsch geäußert hatte, eine Katze bei sich aufzunehmen, war Kai ganz und gar nicht begeistert gewesen, hatte sich dem aber gefügt. Also war Bolle zu ihnen ins Haus gekommen, ein junger, schwarz-weiß-braun gefleckter Kater mit goldenen Augen, der Maya und ihn fortan tüchtig in Atem hielt. Dieses putzige kleine Kerlchen hatte Maya's Herz im Sturm erobert und sie im Handumdrehen komplett um seine samtige Pfote gewickelt. Er war unglaublich agil, kletterte an den Möbeln hoch, zerkratzte Sofas und Tapeten und drängte sich ständig zwischen Maya und ihn.

„Er ist doch noch so klein und das erste Mal von seiner Katzenmama getrennt, daran muss er sich erst gewöhnen", hatte sie gesagt und ihn gleich liebevoll in die Arme und mit in ihr Bett genommen. Das kleine

Katerchen hatte die Situation natürlich weidlich ausgenutzt und war fortan dort geblieben. Kai kam sich langsam mehr und mehr überflüssig vor. Dabei liebte er Maya sehr und hatte sich vorgenommen ihr am Heiligen Abend einen Heiratsantrag zu machen. Das stellte er sich sehr romantisch vor. Aber wie um Himmels Willen sollte er seinen vierbeinigen Nebenbuhler dann, wenigstens kurzfristig, ausschalten?

„Du bist auf einen Kater eifersüchtig?", hatte sein bester Freund ihn ungläubig gefragt, als er ihm sein Leid klagte.

Natürlich war das lächerlich, aber wenn Kai ehrlich zu sich selbst war, entsprach es durchaus den Tatsachen. Seitdem Bolle da war, drehte sich so gut wie alles nur noch um ihn und seine Bedürfnisse. Das ärgerte Kai sehr. Am Heiligen Abend musste der Kater fort, wenigstens für ein paar Stunden, fand er. Aber wie sollte er das anstellen? Bolle war schließlich ein reiner Stubentiger, und er konnte Maya sicher nicht dazu überreden über die Feiertage mit ihm zu verreisen. Sie war ein Weihnachtsmensch und begann schon Mitte November damit, die Wohnung adventlich zu dekorieren. Sie verzieh Bolle sogar großmütig, dass er ihre Dekorationen recht häufig nach seinen Vorstellungen „umgestaltete". Das hätte er, Kai, mal riskieren sollen! In manchen Dingen verstand Maya absolut keinen Spaß. Daher grübelte Kai nächtelang darüber nach, wie er es anstellen konnte, Maya für ein Weilchen von Bolle´s Aktivitäten abzulenken und sich stattdessen voll und ganz ihm zuzuwenden. Bis zum Vormittag des Heiligen Abends war ihm noch nichts Gescheites eingefallen, und daher überlegte er, ob er sich den Heiratsantrag vielleicht besser bis zur Silvesternacht aufsparen sollte.

Maya war noch einmal in den Supermarkt gefahren, um die letzten Einkäufe zu machen. Sie hatte Kai gebeten, in der Zeit einige Hausarbeiten für sie zu erledigen. Außerdem sollte er den Weihnachtsbaum vom Balkon holen und ihn im Wohnzimmer aufstellen. Sobald sie zurück sein würde, wollten sie ihn gemeinsam schmücken. Das war eine Tradition, die sie sich nicht nehmen lassen wollte.

„Aber pass bloß auf, dass Bolle Dir nicht nach draußen entwischt", hatte sie ihm eingeschärft. „Sonst springt er womöglich auf die Brüstung, fällt runter und das war´s!"

Das wollte Kai natürlich nicht riskieren, keine Frage. Er meinte, Bolle gesehen zu haben, wie der Kater in die Küche huschte, um nachzusehen ob frisches Futter in seinem Näpfchen gelandet war. Unersättlich war dieser kleine Kerl, fand Kai. Daher schloss er die Tür und ging hinüber ins Wohnzimmer, öffnete die Terrassentür und holte den Baum herein. Das Ganze hatte keine zwei Minuten gedauert. Zufrieden griff er nach dem Weihnachtsbaumständer, um die Tanne einzustielen. Dabei fiel sein Blick aus dem Fenster, und er glaubte seinen Augen nicht mehr zu trauen, denn offensichtlich hatte er sich vertan, als er meinte Bolle in der Küche gesehen zu haben. Der Kater balancierte fröhlich auf dem schmalen Balkongeländer. Vor Schreck blieb ihm fast das Herz stehen.

„Nein, bloß das nicht!", entfuhr es ihm.

Nichts als Ärger hatte man mit dem Kerl, dachte er. Gleichzeitig plagte ihn sein schlechtes Gewissen, denn im Grunde mochte er Bolle ja auch, aber wie sehr er sich inzwischen an ihn gewöhnt hatte, das wurde ihm in dem Augenblick erst richtig bewusst. Vorsichtig, um Bolle nicht zu erschrecken, machte er die Balkontür auf und rief leise nach ihm. Natürlich dachte Bolle gar nicht daran zu gehorchen, sondern fuhr fort auf dem schmalen Geländer hin und her zu tänzeln.

„Bolle, sei lieb und komm wieder rein, Du kriegst auch ein Leckerli, etwas ganz besonders Feines", versuchte Kai ihn zu locken.

Daraufhin setzte Bolle sich hin und schaute ihn fragend an. Offensichtlich verstand er nicht, was Kai von ihm wollte. Nachdem Kai einen Schritt auf ihn zu gemacht hatte, stand Bolle hastig wieder auf und lief ein Stück weiter. So ging es also nicht. Er schien die Welt da draußen äußerst spannend zu finden. In aller Gemütsruhe begann er damit sich zu putzen.

„Du hast vielleicht Nerven", knurrte Kai.

Schließlich entschloss er sich dazu, die Leckerlidose aus der Küche zu holen, um sie Bolle zu zeigen. Vielleicht half das. Mit klopfendem Herzen ging er sie holen. Bolle saß weiterhin auf der Brüstung und putzte sich, während Kai mit seiner Leckerlidose raschelte. Aber Bolle zeigte, im Gegensatz zu sonst, keinerlei Interesse daran. Also musste Kai zu anderen Maßnahmen greifen. Vorsichtig setzte er einen Schritt auf den Balkon, Bolle schaute auf, rührte sich aber nicht. So ermutigt, wagte Kai schnell einen weiteren Schritt in Bolle's Richtung. Dann setzte er auf Risiko und preschte vor, um den Kater zu packen. In dem Moment ging alles rasend schnell, denn Bolle sprang erschrocken auf, verlor das Gleichgewicht und fiel direkt vor Kai's Augen aus dem zweiten Stock in die Tiefe.

„Bolle!", schrie Kai entsetzt und stürzte zur Brüstung.

Innerlich machte er sich darauf gefasst, den Kater regungslos und mit zerschmetterten Knochen unten auf der Straße liegen zu sehen. Doch er hatte sich geirrt, Bolle war auf dem Balkon der Nachbarwohnung

197

direkt unter ihnen gelandet. Erleichtert atmete Kai auf. Er wusste, Maya hätte ihm seinen Leichtsinn nie verziehen, wenn Bolle etwas Ernsthaftes geschehen wäre. Frau Drescher hatte ihr Balkongeländer mit Blumenkästen geschmückt, die derzeit mit winterlichem Grün bepflanzt waren. Offenbar hatten die Pflanzen seinen Sturz gebremst, zum Glück. Verschreckt saß Bolle nun auf dem Boden und schaute fragend zu ihm hoch. Kai wusste, seine Nachbarin war nicht zuhause. Sie war die Feiertage über zu ihren Kindern gefahren und konnte ihm nicht helfen. Es blieb ihm wohl absolut anderes übrig, als zu Bolle hinunterzuklettern. Der schaute ihn immer noch hilfesuchend an. Also nahm Kai seinen ganzen Mut zusammen und kletterte auf die Brüstung, dann drehte er sich um, um sich soweit wie möglich am Geländer hinunter zu hangeln. Von dort aus musste er springen, das war klar. Zu seinem Glück war er recht sportlich und hatte auch keine Höhenangst. Als er Sekunden später am Geländer hing, hörte er von unten einen Schrei.

„Kai, was um Himmels Willen fällt Dir denn ein?", rief Maya ängstlich.

Auch das noch, dachte Kai.

„Ich hab alles im Griff. Bolle ist auf dem Balkon von Frau Drescher gelandet, ich hole ihn", versuchte er Maya zu beruhigen.

„Aber wieso...", setzte Maya an, verstummte aber, als sie sah, dass Kai tatsächlich Anstalten machte, auf den Nachbarbalkon zu springen. Und es gelang. Erleichtert atmeten beide auf.

„So, jetzt kommst Du aber her!", sagte Kai zu Bolle, der sich, zu seinem Erstaunen, widerstandslos von ihm auf den Arm nehmen ließ.

„Ich hab ihn!", rief er triumphierend zu Maya hinunter.

„Jetzt bleibt Ihr aber da. Noch so eine Kletterpartie ist unverantwortlich. Ich gehe sofort zu Familie Wetter hinüber, ich glaube, die haben eine lange Leiter", sagte Maya energisch.

Kai war sehr erleichtert, denn wenn das klappte, dann würde ihm damit eine weitere halsbrecherische Aktion erspart werden. Aber natürlich konnte und wollte er das

Maya gegenüber nicht zugeben. Daher antwortete er scheinbar gelassen. „Wenn Du meinst."

„Und ob ich das meine", schnaubte Maya und verschwand.

„Jetzt entkommst Du mir aber nicht noch mal, alter Freund", sagte Kai zu Bolle und fasste ihn so fest er konnte. Zum Glück schien auch Bolle an diesen Tag die Lust an weiteren Abenteuern dieser Art vergangen zu sein. Wenig später sah Kai, wie der hilfsbereite Herr Wetter seine große Leiter anschleppte. Alles Weitere war nur noch ein Kinderspiel, so kam es Kai jedenfalls vor. Dennoch war er erleichtert, als er mit Bolle endgültig wieder festen Boden unter den Füßen hatte. Er drückte Maya ihren Bolle in den Arm und bedankte sich herzlich bei Herrn Wetter.

„Wenn ich Ihnen mal einen Gefallen tun kann, dann zögern Sie bitte nicht es mir zu sagen. Jederzeit", betonte er.

Herr Wetter nickte, wünschte den dreien fröhliche Weihnachten, und dann war er auch schon wieder verschwunden.

Als sie wieder in ihrer eigenen Wohnung

standen, erwartete Kai ein Donnerwetter von Maya. Zu seinem Erstaunen blieb es aus, stattdessen nahm sie ihn in den Arm und sagte: „Das ist ja noch mal gut gegangen. Ich habe mir solche Sorgen um Dich gemacht, mein Held!"

Dann gestand sie ihm, dass es ihr auch einmal passiert war, die Terrassentür nicht fest genug zu verschlossen zu haben, und natürlich war Bolle sofort neugierig nach draußen geschlüpft. Aber sie konnte ihn gerade noch packen, bevor er auf die Brüstung gesprungen war. Kai nickte verständnisvoll. Als er sah, dass Bolle, offenbar erschöpft von all dem Wirbel, sich in sein Körbchen zurückgezogen hatte, kam ihm spontan eine Idee. Jetzt oder nie, eine bessere Gelegenheit würde es nicht geben. Er zog das kleine Schmuckkästchen hervor, das er schon tagelang in seiner Hosentasche mit sich trug, öffnete es und ging vor Maya in die Knie.

„Willst Du, nein, wollt Ihr beide", sagte er grinsend mit einem Seitenblick zu Bolle hinüber, „mich heiraten?", fragte er.

Maya lachte schallend und fiel ihm um den

Hals.

„Ich dachte schon, Du fragst mich nie. Ja klar, natürlich wollen Bolle und ich Dich heiraten!"

Kai streifte ihr den schmalen Weißgoldring über den Finger und küsste sie liebevoll. Zwar hatte er sich diese Situation in seinen Gedanken romantischer ausgemalt, aber so war es auch in Ordnung, fand er.

Brigitta Rudolf lebt mit ihrem Mann und Kater Tiger in einer kleinen Kurstadt am Rande des Wiehengebirges. Momentan ist sie dabei, auch ihre dunkle Seite zu entdecken. Das heißt, es wird demnächst weitere Katzenkrimis geben. Außerdem warten noch etliche andere Projekte auf ihre Veröffentlichung.
Bleiben Sie also gespannt und schauen ab und zu auf die Webseite der Autorin. Dort gibt es zu allen Büchern Leseproben unter

www.brigittarudolf.jimdo.com

mail: brigitta-rudolf@gmx.de

Bisher von Brigitta Rudolf erschienen:

Katze für Anfänger
ISBN 9783 735 774 316

Jonny Appetito, ein Kater wie er im Buche steht
ISBN 9783 734 791 321

Pfötchenspuren
ISBN 9783 741 288 197

Katzenträume
ISBN 9783 744 832 960

Vier schwarze Pfötchen und ein langer Schwanz
ISBN 9783 752 888 072

Ciao Bello
ISBN 9783 749 429 349

Wussten Sie, dass Dornröschen eine Katze hatte?
ISBN 9783 746 091 358

Kriminelle und andere Machenschaften
ISBN 9783 744 823 418

Kleine Lebenssplitter
ISBN 9783 746 089 362

Weihnachten … alle Jahre wieder
ISBN 9783 741 288 197

Engel trifft man überall
ISBN 9783 746 013 855

Weihnachtsglück auf leisen Pfötchen
ISBN 9783 748 147 152

Tannengrün, Lichterglanz und Katzenschwanz
ISBN 9783 749 498 314

Mord in unserer kleinen Kurstadt?
Tod in der Kältekammer
ISBN 9783 752 898 897

Oma in Jeans
ISBN 9783 751 901 642

Neues aus der Katzenallee und anderswo
ISBN 9783 751 959 391

Zuhause im Katzencafé
ISBN 9783 752 612 202

Lieber Jonny
ISBN 9783 752 683 516

Cats & Crime
ISBN 9783 753 444 758